피츠제럴드,
글쓰기의 분투

1925년 발표된 이후, 지금까지 전해지는
<위대한 개츠비>의 마지막 문장

그리하여 우리는
조류를 거스르는 배처럼
끊임없이 과거로 떠밀려 가면서도
앞으로, 앞으로 계속 나아가는 것이다.

***

딸에게 고백한, 피츠제럴드가 진짜 원했던
<위대한 개츠비>의 마지막 문장

나는 내 길을 찾았다.
이제부터 이것이 최우선이다.
이것이야말로 나의 당면한 의무다.
이것 없이는 나는 아무것도 아니다.

피츠제럴드, 글쓰기의 분투

F. 스콧 피츠제럴드 지음
래리 W. 필립스 엮음 | 차영지 옮김

스콧 피츠제럴드는
'이렇게 글을 씁니다!'

F. Scott Fitzgerald on Writing

Sb
smart business

영원히 꺼지지 않을
'미국 문학의 초록 불빛!'

1920년에 출간한 첫 번째 책 《낙원의 이편》으로 즉각적인 성공을 맛본 뒤, 젊은 시절의 스콧 피츠제럴드는 〈새터데이 이브닝 포스트〉 독자들에게 이렇게 고백했다.

"내 인생은 글쓰기를 향한 강렬한 열망과 이를 방해하는 온갖 상황이 만들어낸 투쟁의 역사다."

그는 작가로 자리잡기 위해 학창 시절부터 써온 단편소설, 희곡, 뮤지컬 코미디, 그리고 시까지 모두 녹여 결국 솔직하고 자전적인 소설로 엮였다고 회고하며 말했다.

피츠제럴드 스스로에 대한 이러한 평가는 돌이켜보면 이후 뒤따른 20년간의 롤러코스터 같은 인생을 예견하는 듯하다. 거듭된 실

4

패와 방황, 그리고 실망으로 인해 문학적 성과는 종종 미뤄지곤 했기 때문이다.

많은 이들이 재즈 시대의 아이콘으로서, 그리고 격동의 관계를 보여주는 인물로서 스콧과 젤다 피츠제럴드미국의 소설가, F. 스콧 피츠제럴드의 아내로도 잘 알려져 있다에 대해 썼다. 그러나 화려한 파티와 터지는 불꽃놀이 사이에서, 데이지의 부둣가 초록 불빛처럼 끝없이 반짝이는 한 가지 평범한 사실이 있다.

피츠제럴드는 처음부터 끝까지, 무엇보다도 작가였다. 그의 초기 열망은 시와 연극에 있었고, 이는 그의 작품 세계를 관통하는 흐름으로 남았다. 하지만 그는 소설이라는 산문적 글쓰기를 통해 자신의 시적 상상력, 극적인 비전, 그리고 세밀한 장인정신을 마음껏 펼칠 수 있었다.

피츠제럴드는 처음부터 〈위대한 개츠비〉가 '의식적인 예술의 성취'이자 '아름답고 간결하지만 복잡하게 설계된 작품'이기를 바랐다. 소설과 작가의 성취는 그 자체만으로 모든 것을 말해준다.

또한 흥미로운 점은 소설이 오랜 숙성 과정을 거치는 동안 편집자인 맥스웰 퍼킨스와 창작에 관한 논의를 주저 없이 했다는 점이다. 두 사람이 주고받은 방대한 서신은 20세기 고전의 탄생과 발전

과정을 엿볼 수 있는 소중한 기록이다.

그렇다. 글쓰기를 신비의 영역으로 남겨두고 분석하기를 미신적으로 꺼리던 헤밍웨이와는 달리, 피츠제럴드는 자신의 문학적 신념을 제시하고, 설명하며, 논의하는 데서 큰 즐거움을 느꼈다. 그의 예술성은 의식적이었고, 장인정신은 성실함에서 비롯되었다.

그리고 이 책에서 보여주듯, 피츠제럴드는 자신의 견해를 거리낌 없이 그리고 너그럽게 공유했다. 한마디로 그는 본능적으로 훌륭한 스승이었다.

삶의 끝자락에서 피츠제럴드는 마지막까지 곁을 지켜준 연인 쉴라 그레이엄을 위해, '1인 대학'을 운영하며 헌신적인 개인 교사가 되었다. 정규 교육을 받지 못한 그녀를 위해 문학과 역사 교과 과정을 직접 구성했으며, 이는 그가 소중히 여긴 전통과 지식에 대한 깊은 통찰을 보여준다.

헤밍웨이와 달리, 그는 과거 혹은 현재의 문학 거장들과 개인적인 경쟁심을 느끼지 않았다. 대신 그는 문학의 세계에 깊이 몰두하며 동료 작가들, 편집자들, 친구들, 그리고 무엇보다도 딸 프랜시스 스콧 피츠제럴드에게 자신의 생각을 전하려 애썼다. 특히 딸에게는 문학과 삶에 대한 편지를 정기적으로 보냈다.

"작가는 자신이 속한 세대의 젊은이들과 다음 세대의 비평가들 그리고 후대의 교육자들을 위해서 글을 써야 합니다."

경력 초기에 피츠제럴드는 자신의 '글쓰기에 대한 이론'을 이렇게 요약했다. 오늘날 그의 작품은 미국 전역의 거의 모든 고등학교와 대학에서 교재로 사용되고 있다. 그가 생전에 세웠던 목표를 사후에 이렇게 눈부시게 이루어냈다는 점은 참으로 놀랍다.

만약 그의 글쓰기 '강의'가 이렇게 선보일 수 있다는 사실을 알았다면, 그는 분명 크게 기뻐했을 것이다.

_찰스 스크리브너 3세

※ 피츠제럴드와 헤밍웨이 등의 책을 출간한
'찰스 스크리브너스 선즈' 출판사 창업자, 찰스 스크리브너의 손자다.
'찰스 스크리브너스 선즈' 출판사 사장을 역임했다.

시계와 달력으로 가득찬 방에서
'아름다운 환상'을 그리다!

1896년에 태어난 F. 스콧 피츠제럴드는 재즈와 댄스 음악이 대중화된 재즈 시대, 1920년대에 두각을 나타냈다. 또한 이 시기는 제1차 세계대전 후 대량생산과 대량소비로 호황이 지속되면서 '광란의 20년대Roaring Twenties'라고 불렸다. 그의 경력은 이런 시대적 흐름과 궤를 함께한다.

깁슨 걸이라 불리는 순수하고 이상적인 여성상을 시작으로, 화려하고 요란한 1920년대 과잉의 시대를 거치고, 잃어버린 세대와 각성의 1930년대를 보냈으며, 1940년대의 어둠 속에서 그의 생애는 끝자락에 이르렀다. 흥미롭게도 그의 삶은 그가 태어난 국가의 운명을 거울처럼 비춘다.

그는 언제나 본능적으로 자신이 속한 시대와 국가를 반영했다. 또한 스스로 외부 세계와 동일시하려는 경향이, 보통 사람들보다 강하다고 말하곤 했다. 이 경향은 상호적이었다. 그의 명성이 높아지고 그의 책이 날개 돋친 듯 팔려 나가면서, 미국이라는 나라도 그를 통해 자신을 투영하려 했다.

이 책은 피츠제럴드가 글쓰기에 관하여 남긴 의견과 통찰을 모두 담고 있다. 이전에 출간된 《헤밍웨이, 글쓰기의 발견》과 짝꿍 책이다.

두 사람의 관점은 각기 달랐지만, 다른 작가들에게 아낌없는 조언을 나누었다는 점에서 공통분모를 가진다. 헤밍웨이는 가르치는 일을 즐겼다는 사실은 이미 유명하다. 피츠제럴드 전기를 쓴 안드레 르 봇은 피츠제럴드 역시 '배운 것을 나누지 않고는 견딜 수 없는 사람'이라고 설명하며, 앤서니 포웰의 말을 인용한다.

"피츠제럴드는 가르치는 일을 좋아했다. 약간 교사 같은 면이 있었다. …… 열정적이지만 간단명료하게 설명하는 방식은 그가 교사나 대학교수로서의 경력을 쌓았어도 성공했으리라 생각하게 한다."

이 책은 피츠제럴드의 실질적인 글쓰기 기술부터 창작의 영감, 때로는 좌절감을 동반한 조언까지 오롯이 담겨 있다.

책장을 넘기다 보면, 가장 미국적인 두 작가가 지닌 글쓰기에 대한 신념의 차이를 느낄 수 있을 것이다. 이 두 작가는 세계를 향한 미국적 접근법을 대변한다고도 말할 수 있다.

헤밍웨이의 철학을 '오늘은 남은 내 인생의 첫날이다'라고 간단히 줄일 수 있다면, 피츠제럴드의 철학은 조금 더 본질적이고 시적이며 헤밍웨이의 것과는 반대되는 개념이다.

'오늘은 연속적으로 보낸 지난날들을 끊어내는 날이다.'

그의 철학은 시간이라는 개념과 깊이 얽혀 있어서, 언젠가 말콤 코울리는 피츠제럴드에게 '마치 시계와 달력으로 가득찬 방에 사는 사람 같다'는 표현까지 했다.

현대가 환상을 뚫고 진실을 향하여 움직인다면, 피츠제럴드는 이와 반대 방향으로 나아간다. 아름다움의 환상으로 나아가기 위해서 방해가 되는 사실을 하나씩 배제하는 것이다. 그는 각 음을 길게 유지하며 화음을 오래도록 이어지게 만드는 사람이다.

이제 한 세기가 저물고 새로운 세기가 열렸다. 그러나 그가 만든 화음은 여전히 계속해서 울려 퍼진다. 미국이라는 땅에서 '황금빛

칵테일 재즈'라는 메아리로 말이다.

1920년대에 그의 작품은 재즈 시대의 전설이었다. 하지만 오늘날에는 그가 기꺼워할 방향으로 그 평가가 달라지게 되었다. 이를 설명한 스티븐 빈센트 베넷의 말을 인용하며 마친다.

"신사 숙녀 여러분, 이제 모자를 벗으십시오. 지금이 바로 예를 표할 때입니다. 그의 작품은 지난날의 전설이 아닙니다. 이어지는 명성입니다. 그리고 관점에 따라 다르겠지만, 어쩌면 오래도록 이어질 이름 중 하나가 될 겁니다."

_래리 W. 필립스

글을 쓰며 산다는 것,
삶에서 '자신의 목소리'를 찾는다는 것!

감정과 경험은 언어 이전의 영역에서 연기처럼 피어오른다. 그러나 그것을 인지하기 위해서는 의식이 이해할 수 있는 형태로 글자를 조합해야 한다. 피츠제럴드는 이 과정을 누구보다 탁월하게 해낸 작가다.

혼자라고 느끼던 감정이 사실은 모두의 보편적 감정이었음을 깨닫는 과정이라고, 그는 문학의 아름다움에 관해서 말한다. 그의 작품을 읽다 보면 우리가 가진 고독과 좌절, 희망과 열정이 결코 개인의 것이 아님을 깨닫게 된다. 우리 자신을 고독하게 고립시키던 감정이 오히려 커다란 울타리가 되어, 그 감정을 가진 이들과 하나가 되어 연대하게 한다.

그는 재즈 시대의 아이콘으로 결코 평탄하지 않는 삶을 살았다. 운명처럼 글쓰기를 시작했고, 생계를 위해 멈추지 않고 써내려갔다. 하지만 결국, 글을 쓴다는 것은 단순한 생계 수단이 아니라 '반드시 해야만 하는 이야기를 세상에 남기는 일'임을 깨닫는다.

피츠제럴드는 문학가의 길이란 결국 자기 자신을 온전히 내어주는 과정이라 말했다. 그는 가장 고통스러운 경험을 정제하여 독자가 받아들일 수 있는 이야기로 탈바꿈시켰다.

또한 자신을 '문학적 도둑'이라 칭하며, 어디에서든 배움을 얻었다. 엉망으로 쓰인 책을 읽고 글쓰기에 용기를 얻었고, 위대한 작가의 글을 곱씹으며 위대한 이유를 파고들어 자신의 작품에 녹여냈다.

다른 작가를 경쟁자로 인식하기보다는 같은 소명을 짊어진 동료로 봤다. 조언을 구했고, 이야기를 나누었으며, 자신 역시 조언을 아끼지 않았다. 그리고 신인 작가들에게 앞으로의 길이 결코 쉽지 않을 것을 예고하면서도, 시간을 초월해서 함께하겠노라 약속했다.

'광란의 20년대'라고 불리는 재즈 시대를 살아가며 남긴 그의 문장들은 100년이 지난 지금까지도 여전히 많은 이들의 가슴을 두드린다. 특히 〈위대한 개츠비〉는 특유의 문학성과 상징성으로, 21세기 미국 대학 영문학 강의에서 가장 많이 읽힌다.

T. S. 엘리엇은 "헨리 제임스 이후 미국 소설이 내디딘 첫걸음이다."라고 극찬했고, 무라카미 하루키는 "피츠제럴드는 나의 출발점이자 일종의 문학적 영웅이다. 소설가가 되기 전부터 나는 그의 작품을 사랑하고 부지런히 번역해왔다."라고 고백했다.

또한 랜덤하우스 편집위원회가 선정한 20세기 가장 위대한 소설에서 〈율리시스〉에 이어 2위를 차지했다. 〈위대한 개츠비〉는 여러 번역본을 비롯해 영화, 연극, 뮤지컬 등으로 재해석되었다. 그리고 꿈과 이상을 좇는 인간형의 전형으로서 '개츠비스크 Gatsbyesque'라는 단어를 유행시키기도 했다.

피츠제럴드의 작품이 독자들에게 지속적으로 사랑받는 이유는 그가 작품 속에 새겨둔 감정이, 오늘날 우리의 마음속에 막연하게 피어오르는 감정이기도 하기 때문이다. 특히 그의 작품을 관통하는 '부와 행복' 그리고 '허망함'이라는 주제는 오늘날 현대 사회에서 여전히 되풀이되는 문제들과 맞닿아 있다.

이 책은 그가 문학과 글쓰기에 관하여 남긴 말을 엮은 책이다. 짧은 생애 동안 피츠제럴드는 어린아이부터 미국 문학의 거장까지 다양한 사람과 편지를 주고받았다. 그리고 모든 편지에는 애정이

듬뿍 담긴 삶의 지혜와 진심이 녹아 있다.

내면에 피어오르는 무언가를 글로 옮기려는 사람이라면, 피츠제럴드의 실질적인 조언이 길잡이가 되어줄 것이다. 어디로 나아가야 할지 막막한 사람이라면, 피츠제럴드가 뿌연 안개 너머에서도 빛을 잃지 않는 '초록 불빛'이 되어줄 것이다.

글을 쓰며 산다는 것, 삶에서 '자신의 목소리'를 찾는다는 것이 무엇인지, 이 책을 읽는 독자들이 함께 고민하고 깨닫기를 바란다.

_차영지

: 차례 :

들어가는 글
영원히 꺼지지 않을 '미국 문학의 초록 불빛!'

엮은이의 글
시계와 달력으로 가득찬 방에서 '아름다운 환상'을 그리다!

옮긴이의 글
글을 쓰며 산다는 것, 삶에서 '자신의 목소리'를 찾는다는 것!

PART 1
글쓰기의 분투

글쓰기라는 행위 ··· 20

글쓰기의 기술적 기원 ··· 38

소설 속 인물 ··· 64

비평가와 비평 ··· 73

비평가로서의 피츠제럴드 ··· 80

PART 2
작가의 분투

작가의 존재와 역할 ··· 94

작가란 무엇인가? ··· 106

작가들에게 주는 충고 ··· 123

작가로서의 삶 ··· 133

출판에 관하여 ··· 176

PART 1

글쓰기의 분투

글쓰기라는 행위

글쓰기의 기술적 기원

소설 속 인물

비평가와 비평

비평가로서의 피츠제럴드

글쓰기라는 행위

❧

"글을 쓰기 시작한 계기가 있나요?"

"기억이 나지 않을 정도로 오랫동안 글을 써왔어요. 여기서 학교를 다닐 때도 단편을 썼고, 고등학교 땐 희곡과 시를 썼죠. 프린스턴에서는 트라이앵글 클럽이라는 연극 동아리와 대학 문학잡지에 희곡과 단편소설을 썼고요. 하지만 장편소설을 쓰게 만든 건 휴 월폴이라는 작가였어요. 어느 날 뉴욕에서 워싱턴으로 가는 기차 안에서, 그가 쓴 책을 만났거든요. 100페이지 정도 읽고 나서는 이렇게 생각했죠. '이런 사람도 작가라고 책을 내는데, 나도 할 수 있겠는걸?' 그 책은 내가 보기에 정말 최악이었거든요. 그는 사소한 것들을 중요한 것처럼 포장하는 게 특기였는데, 그런 책들도 거의 베스트셀러에 가까웠거든요. 그때 결심하고 첫 번째 책을 쓰기 시작했죠."

<인 히스 온 타임In His Own Time> pp.250-251

메모부터 시작하는 거야. 아마 아주 오랫동안 메모해야 할지도 몰라. …… 무언가 떠오르거나 기억이 나면, 반드시 적절한 자리에 적어 둬야 해. 생각이 났을 때 바로 적어 둬. 나중에 다시 떠올리면 처음처럼 생생하지 않을 수도 있으니까.

쉴라 그레이엄에게(칼럼니스트, 피츠제럴드의 마지막 연인), 1940, <비러브드 인피델Beloved Infidel> p.239

작가는 무엇 하나 허투루 허비하지 않아.

쉴라 그레이엄에게, 1940, <비러브드 인피델Beloved Infidel> p.262

계획대로라면 〈위대한 개츠비〉가 6월 중에 마무리되기를 바라고 있습니다. 하지만 이런 계획이 어떻게 되는지 잘 아시지요. 시간이 열 배로 걸린다고 한들 제가 쓸 수 있는 최선이 나오지 않으면, 혹은 가끔 느끼는 것처럼 제 능력을 넘어선 무언가가 탄생하지 않으면, 이 작품은 세상에 내놓을 수가 없습니다.

맥스웰 퍼킨스에게(미국의 전설적인 문학편집자다. 찰스 스크리브너스 선즈 출판사에서 활동하며 스콧 피츠제럴드, 어니스트 헤밍웨이, 토머스 울프 같은 미국 문학의 거장들을 발굴했다), 1924, <서신집Letters> p.184

…… 무척 아름다워도 맥락에 맞지 않으면 잘라내야 하는데, 그 정도의 무자비한 예술성을 나는 아직 갖추지 못한 것 같아.

아름다워 보이는 것, 적당히 괜찮은 것, 심지어 뛰어나 보이는 것도 잘라낼 수 있어야 하는데 말이야. 자네 말처럼 진정한 적확성은 아직 손에 닿질 않네.

존 필 비숍에게(미국의 시인이자 소설가), 1925, <무너져 내리다The Crack-up> p.271

〈밤은 부드러워라〉를 퇴고하는 과정은 작품에서 가장 약한 부분을 끌어올리고, 그다음 약한 부분을 또다시 다듬는 방식으로 진행하고 있습니다.

맥스웰 퍼킨스에게, 1934, <서신집Letters> pp.266-267

지금까지는 소수의 작가와 영화계 인사들만 반응하고 있습니다. 이 작품, 〈밤은 부드러워라〉는 분명 그 문학적 가치로는 인정받을 것 같지만 안타깝게도 그 과정은 다소 더딜 수 있겠습니다. 아, 저는 또다시 소설가들을 위한 소설을 쓴 것 같군요. 이번에도 누군가의 주머니를 배불릴 확률은 낮아 보입니다.

속도감 있는 진행을 바라는 독자는 이 작품을 지나치게 밀도 있다고 느낄지도 모르겠습니다만, 어쩔 수 없습니다. 때로 작가는 손톱 끝까지 쥐어짜서 종이 위에 풀어내야 하니까요.

어쨌든 연재라는 방식은 이 작품에 가장 적합하다고 생각합니다. 왜냐면 이 책은 두 번은 읽어야 비로소 진가를 알아볼 수 있기 때문입니다. 이 작품의 거의 모든 부분을 저는 최소 세 번에서 여섯 번까지 수정하고 검토했습니다.

맥스웰 퍼킨스에게, 1934, <서신집Letters> pp.264-265

어제 보낸 편지에 대한 짧은 덧붙임입니다. 보내 주신 편지에 적힌 편집자님의 논리가 다소 억지스럽다고 생각했습니다. 헤밍웨이가 같은 문장을 여러 곳에서 사용한다고 해서, 저마저도 똑같은 일을 해도 된다고는 할 수 없습니다. 우리는 각자 다른 장점을 가지고 있으며, 저는 작업에 대해 대단히 높은 정확성을 추구한다는 장점을 가지고 있습니다.

　헤밍웨이는 그런 방면으로 스스로에게 관대해질 수 있을지 모르나, 저는 그렇지 못합니다. 결국, 이런 문제에서 무엇이 적절한지 최종적으로 판단하는 사람은 저 자신일 수밖에 없지요.

　맥스, 벌써 세 번째 반복해서 언급합니다. 이건 게으름의 문제는 아닙니다. 완전히 생존 본능의 문제입니다.

맥스웰 퍼킨스에게, 1934, <서신집Letters> p.277

장편소설의 훌륭한 구성을 위해서나 섬세한 통찰력과 판단력으로 퇴고하기 위해서는 술을 마시면 안 된다는 것을 점점 더 명확하게 느낍니다. 단편은 한 병의 술을 마시며, 장편은 작품의 전체적인 구조를 머릿속에 온전히 그려내야 합니다. 또 어니스트 헤밍웨이가 〈무기여 잘 있거라〉에서 한 것처럼, 과감히 곁가지를 쳐내는 정신적 속도감도 필요하지요.

사고의 흐름이 조금이라도 느려지면, 작품 전체가 아닌 개별적인 부분에 매몰되기 쉽습니다. 기억력마저 둔해져요. 저는 〈밤은 부드러워라〉 3부를 쓰는 동안 온전히 각성제에 의존해서 쓸 수밖에 없었다는 사실이 두고두고 안타깝습니다. 맑은 정신으로 작업했다면, 정말로 큰 차이를 만들었을 거라고 믿습니다.

실제로 어니스트도 제게 불필요한 부분이 포함된 것 같다고 지적한 바 있지요. 그는 제가 예술가로서 그가 내리는 판단은, 내가 아는 한 가장 신뢰할 만한 기준입니다.

맥스웰 퍼킨스에게, 1935, 〈서신집Letters〉 p.286

언젠가 그는 일부 비평가들에게, 충분히 이해할 만한 짜증을 내며 말했다.

"〈새터데이 이브닝 포스트〉에 실릴 만한 단편소설은 술 한 병으로 써지는 게 아니오."

<어느 작가의 오후Afternoon of an Author> p.7

프랑스 작가 에밀 졸라처럼 치밀하고 세밀하게 계획을 세워봐. …… 먼저 파일을 하나 사서, 첫 장에는 네 소설의 배경이 되는 시대의 연대표를 장황하게 적어보는 거야. (걱정하지 마, 쓰다 보면 자연스럽게 간결해질 거야.)

이 작업을 두 달 동안 진행하고, 가장 중요한 사건을 소설의 클라이맥스로 정해. 그다음 그 사건의 앞뒤로 세부적인 계획을 세워서 세 달 동안 다듬는 거야.

마지막으로 이렇게 정리된 내용을 기반으로 연속성 있는 복잡한 구조를 완성하고, 스케줄을 작성하면 돼.

존 오하라에게(미국의 소설가), 1936, <서신집Letters> p.560

"탕!"

총소리가 울리면 출발선을 박차고 힘있게 달려나간다. 가끔은 타이밍을 제대로 맞추기도 하지만, 대체로는 신호보다 앞서 뛰쳐나가고 만다. 운이 좋으면 단 열두어 걸음 만에 멈추고, 출발선으로 돌아올 수 있다. 하지만 대부분의 경우 선두를 달리고 있다고 착각하며 전속력으로 트랙을 완주한다. 결승선에 도착해서야 아무도 뒤따르지 않고 있다는 사실을 깨닫는다. 달리기는 처음부터 다시 시작해야 한다.

이것은 글쓰기 업계에서 부정 출발 챔피언으로 인정받는 사람을 인터뷰한 것이다. 그게 누구냐면, 바로 나 자신이다. 나는 '노트북'

이라고 이름 붙인 제본된 쓰레기통을 열어 조그만 삼각형 포장지를 무작위로 꺼낸다. 한 면에는 소인이 찍힌 우표가 붙어 있고, 다른 한 면에는 다음과 같이 적혀 있다.

"붐시 디는 귀여웠지."

이런 아이디어가 수백 개 있다. 꼭 문학과 관련된 것만은 아니다. 아프리카 알제리에서 전통 무용단을 초청하겠다는 발상도 있고, 파리의 그랑기뇰 극장을 뉴욕에 재현한다는 계획이나, 프린스턴에 미식축구를 부활시키려는 생각도 해봤다.

이런 아이디어들은 작은 기분 전환일 뿐 아무런 고통을 유발하지 않는다. 아편 중독자의 환상처럼 담배 연기와 함께 사라져 버리기 때문이다. 생각 자체가 실행과 다름없이 충분한 만족감을 준다.

나를 진짜로 괴롭히는 것은 6페이지, 10페이지, 30페이지의 원고 뭉치들이다. 땅을 파냈지만 석유를 발견하지 못한 유정처럼, 부정출발을 상징하며 나에게 직업적 절망을 안겨준다.

<어느 작가의 오후Afternoon of an Author> pp.127-128

좋은 작품은
저절로 써지는데,
별로인 작품은
억지로 써내야 해.

헤럴드 오버에게(유명 문학 에이전트), 1935, <서신집Letters> p.76

빛바랜 푸른 방에 혼자 남았다. 사실 아픈 고양이가 함께 있고, 창문 밖에서는 헐벗은 2월의 나뭇가지가 손을 흔든다. '잘 될 겁니다'라는 문구가 새겨진 문진을 들고, 삶의 가장 커다란 질문과 직면했다. 문구가 역설적이게 느껴진다.

"끝까지 밀고 나갈까? 아니면 돌아가야 하나?"

"이건 단순한 고집일 뿐이다. 차라리 버리고 새로 시작하자."

후자는 작가가 내릴 수 있는 가장 어려운 결정이다. 시체를 소생시키거나 잔뜩 물을 먹고 엉켜 버린 실타래를 풀기 위해 수백 시간 힘을 빼다가 지쳐 버리기 전에, 오직 철학적 판단으로 저 결정을 내릴 수 있는지가 그의 전문성을 결정짓는다.

이러한 결정은 곱절로 어려워질 때가 있다. 이를테면 집필의 마지막 단계에서 작품 전체를 버릴 생각은 하지도 않겠지만 가장 마음을 쏟은 인물을, 발목을 붙잡아 질질 끌어내야 하거나 그가 등장하는 멋진 장면을 통째로 들어내야 할 때 그렇다.

그리고 이건 단지 글을 쓰는 사람만이 내리는 결정은 아니다. 일반적인 문제와도 연결된다. 언제 그만둘 것인가? 언제까지 허우적거리며 다른 사람에게 피해를 줄 것인가? 이건 종종 자문해야 하는 인생의 질문이다.

<어느 작가의 오후Afternoon of an Author> pp.134-135

✦

"일을 해야지!"

피츠제럴드는 외쳤다. 그의 푸른 눈은 사뭇 진지했다.

"일이 유일한 구원이야. 우리가 하는 일이 전혀 가치 없다는 사실을 잊기 위해서라도, 우리가 일해서 내는 책이 결코 우리 자신을 만족시킬 수 없다고 해도, 젊은이는 무조건 일을 해야 해."

<인 히스 온 타임In His Own Time> p.257

✦

(주당으로 악명 높은 작가가 지나가는 것을 보고)

"저기 '술과 영감' 학파의 마지막 생존자가 지나가는군. 브렛 하트

32

가 그 초창기 멤버였고, 그 시절에는 꽤 잘 통했지. 하지만 신문사에서 술을 마시며 글쓰는 법을 배운 옛 작가들은 이제 점점 사라지고 있어……. 이제는 찾아보기도 어려워. 나는 도저히 어떻게 그렇게 글을 썼는지 이해가 안 가. 마약이나 술은 글쓰기에 방해만 될 뿐이라고 생각하거든. 각성제로 커피 정도는 마실 수 있겠지만, 위스키라니. 말도 안 돼."

"하지만 〈낙원의 이편〉은 커피 마시고 쓴 글 같진 않은데?"

"그건 그래. 웃을지도 모르겠지만, 그건 코카콜라를 마시면서 썼어. 안에서부터 톡톡 튀며 거품이 올라와 잠을 깨워 주더라고.

<인 히스 온 타임In His Own Time> pp.252-253

저는 캘리포니아의 이 특정한 지역이 점점 좋아지기 시작했습니다. 아마도 여름 내내 이곳에서 머물 것 같아요. 소설 집필 일정은 아시겠지만 확실하지 않습니다.

하지만 이번에는 〈밤은 부드러워라〉 때와는 달리 전체적인 구성을 미리 잡고 진행하려고 합니다. 그러면 한 달 동안 작업을 멈추었더라도, 다시 시작할 때 사실적이고 감정적으로 정확히 멈춘 지점에서 이어 갈 수 있을 겁니다.

맥스웰 퍼킨스에게, 1939, <서신집Letters> pp.312-313

칵테일 한 잔 정도의 취기만 느껴져도 나는 글 한 줄을 쓰지 않아. 정말이야. 내가 파티를 자주 연 건 사실이지만, '약물 중독자' 이야기가 나온 건 파티의 횟수가 아니라 그 화려함 때문이라고 봐.

에드먼드 윌슨에게(미국의 문학평론가), 1922, <서신집Letters> p.355

나는 내 소설 〈더 라스트 타이쿤〉피츠제럴드의 미완성 유고, 사후 출간되었다이 어떤 신비로움을 지니고 있기를 바란다. 작품이 완성되기 전에는 그 내용에 관해서 말하지 않는 것을 원칙으로 하고 있지.

꽤 효과적이라고 생각해. 내용을 이야기하는 순간 작품의 일부를 잃어버린 것처럼 느껴지거든. 그래서 말하기 전처럼, 이 작품이 온전히 내 것이라고 느껴지지 않게 되는 거야.

프랜시스 스콧 피츠제럴드에게(피츠제럴드의 딸), 1940, <서신집Letters> p.117

예전에 〈밤은 부드러워라〉를 쓸 때처럼 내 방은 등장인물의 움직임과 과거를 보여주는 도표로 가득차 있어.

젤다 피츠제럴드에게(피츠제럴드의 아내), 1940, <서신집Letters> p.147

이야기는 한 번에 끝내거나 세 단계로 나눠서 쓰는 게 좋아. 길이에 따라서 정해야겠지. 세 단계의 이야기를 쓸 때에는 삼일 동안 연달아서 작업을 끝내고, 하루 정도 수정하면 그럭저럭 완성될 거야.

물론 이상적으로 그렇다는 말이지. 많은 경우에는 난관을 만나서 그걸 해결하기 위해서 애써야 하거든. 하지만 대체로 쓰는 과정에서 늘어지거나 지나치게 어려운 이야기, 그러니까 구상이 잘못되었거나 구조적으로 결함이 있는 이야기는 읽을 때도 그만큼 매끄럽게 읽히지 않더구나.

프랜시스 스콧 피츠제럴드에게, 1940, <서신집Letters> p.110

정말 어려운 문제를 해결하기 위해서는 아침에 일어나자마자, 가장 맑은 정신으로 당면한 문제를 직시해야 할 때가 있어.

나에게는 이 방법이 정말 잘 먹혀서, 기이할 정도로 맹신하고 있단다.

프랜시스 스콧 피츠제럴드에게, 1940, <서신집Letters> p.181

글쓰기의 기술적 기원

샐리, 네가 정말 엄청나게 많은 책을 읽기를 바라. 너는 날카로운 지성을 가지고 있으니까, 손에 잡히는 건 뭐든지 읽어. 좋은 책이든, 나쁜 책이든, 그저 그런 책이든 잡히는 대로 말이야.

뛰어난 지성은 훌륭한 여과기 역할을 해서, 네가 흡수하기 전에 좋은 것과 나쁜 것을 가려내 주거든.

샐리 포프 테일러에게(청소년 시절부터 사귄 친구), 1918, <서신집Letters> p.471

일요일 오후, 차가운 막사에서 스스로에 대해 글을 쓰는 낭만적이고 자기중심적인 사람을 떠올려보세요. 이 작품은 그렇게 산발적으로 쓰다가 만들어졌어요. 딱히 자랑할 만한 형식을 갖춘 건 아니거든요.

셰인 레슬리에게(작가이자 아일랜드 외교관이다. 셰인 레슬리는 <낙원의 이편>을 찰스 스크리브너 선즈 출판사에 소개하며 출간에 중요한 역할을 했다), 1918, <서신집Letters> p.396

그래서 나는 나이에 비해서는 꽤 영리하게 교수들로부터 시인들에게로 방향을 돌렸어.

스윈번은 서정적인 리릭 테너로, 셸리는 힘찬 테너 로부스토로, 셰익스피어는 퍼스트 베이스에서 넓은 음역대와 중저음으로, 테니슨은 세컨드 베이스에서 종종 가성으로, 그리고 밀턴과 말로는 깊은 저음의 바소 프로폰도로 소리를 높였지.

거기에 브라우닝의 수다 소리, 바이런이 열변을 토하는 소리, 워즈워스가 웅웅거리는 소리에도 귀를 기울였지. 하지만 적어도 결론적으로 나쁜 일은 없었어. 그리고 아름다움에 관해서 조금은 깨닫게 되었지. 아름다움은 진리와 별 관계가 없을 정도로 아주 작게 말이야.

여기에 보태자면, 위대한 문학적 전통이라는 게 별 볼 일 없다는 사실도 알게 되었어. 유일하게 존재하는 전통은 모든 문학적 전통이, 결국은 죽음을 맞이한다는 것뿐이라는 사실을 말이야.

<아름답고 저주받은 사람들The Beautiful and Damned> p.253

익숙하지 않은 단어는 사용하지 말아야 해. 단, 섬세하고 세밀한 뉘앙스를 표현하기 위해 꼭 필요한 단어를 찾아낸 경우라면 괜찮아. 이런 경우에는 단어를 새롭게 만들어낸 것이나 다름없으니까. 내 생각에 이건 산문을 쓸 때, 아주 유용한 규칙이야.

예외 : ① 반복을 피하기 위해 ② 문장에 리듬을 넣기 위해 ③ 기타 등등.

존 필 비숍에게, 1929, <서신집Letters> p.285

꧁꧂

제 작품에 영향을 끼친 요소가 무엇인지 분석하신 건 흥미롭게 읽었습니다. 저는 스무 살이 될 때까지, 평범한 청소년 고전을 제외하면 프랑스 작가의 작품은 하나도 읽지 않았습니다. 그러나 윌리엄 새커리의 작품은 열여섯이 될 때까지 읽고 또 읽었으니, 저에 대한 당신의 분석이 맞다고 할 수 있겠습니다.

존 제이미슨에게(사서로 일하던 팬), 1934, <서신집Letters> p.528

…… 그러니까 내가 말하고자 하는 바는 이거야. 만약 거대한 것들이 내게 아무런 울림을 주지 않는다면, 그건 그냥 내가 그런 사람이 아니라는 뜻이겠지.

바깥에서 억지로 위대함을 찾아내려는 몸부림이나, 거대한 주제를 택해 통찰의 깊이를 대체하려는 시도, 그리고 객관적으로 위대한 작품을 만들어내려는 욕망 따위는……. 글쎄, 내가 글을 쓰는 이유와는 정반대야.

<인 히스 온 타임In His Own Time> p.162

〈밤은 부드러워라〉는 서서히 몰락으로 잠식되는 방식으로 철저하게 의도했습니다. 단순히 생기가 줄어든 것이 아니라, 명확한 계획 아래에서 구현된 것이지요.

그 기법은 헤밍웨이와 함께 고안한 겁니다. 아마도 조셉 콘래드가 쓴 〈나르시서스호의 검둥이〉 서문을 읽고 영향을 받은 것 같아요. 제가 일을 단순한 직업으로 받아들일지, 아니면 예술로 받아들일지를 결정한 뒤로는 제 삶의 가장 중요한 신조가 되기도 했습니다.

물론 가족을 부양해야 한다는 자연스러운 의무는 있지만, 저는 유명해지기보다는 제 이미지를 누군가의 영혼에 각인시키고 싶습니다. 그 이미지가 설령 5센트짜리 동전만큼 형편없이 작을지라도 말입니다.

이 목적을 이룰 수만 있다면, 시인 아르튀르 랭보처럼 영원히 무명으로 남아도 괜찮을 것 같네요. 단순히 감상적으로 떠드는 게 아닙니다. 예술의 강렬함을 한 번이라도 경험해본 사람이라면, 창작의 과정만큼이나 인생에서 중요한 일이 없다는 걸 알게 되거든요.

H. I. 멘켄에게(미국의 문학평론가이자 피츠제럴드의 문학적 멘토), 1934, <서신집Letters> p.530

링 라드너는 글의 구성에 관해서 알지 못합니다. 짧은 글쓰기만 할 수 있죠. 그래서 항상 자신의 자료를 어떻게 구성하면 좋을지 조언을 구하곤 했습니다. 이게 그의 가장 큰 약점이자, 저널리즘 교육을 받은 많은 사람들이 공통적으로 지닌 단점이기도 했습니다.

한편 소설가는 끊임없이 이어지는 한숨 속에서도 몇 번의 호흡을 덜어낼 수 있습니다. 긴 신음을 만들어내는 일은 짧은 기침 몇 번을 발전시키는 일에 비할 바가 아니니까요!

맥스웰 퍼킨스에게, 1934, <서신집Letters> p.282

어니스트 헤밍웨이가 〈무기여 잘 있거라〉를 쓰던 시기에, 반쯤 완성된 원고를 여러 사람에게 보여주며 결말을 어떻게 맺을지 조언을 구한 적이 있어. 나도 진지하게 함께 고민했지만, 결국 그가 생각했던 결말과는 완전히 반대되는 철학만을 그의 마음에 심어 주고 말았지.

그런데 나중에야 그가 옳았음을 깨닫게 됐어. 그래서 〈밤은 부드러워라〉의 결말을 스타카토처럼 강렬하게 맺는 대신, 서서히 희미해지도록 마무리하게 된 거야.

존 오하라에게, 1936, <서신집Letters> p.559

편지의 요점은 이거야. 〈밤은 부드러워라〉를 쓰는 동안, 극적인 장면을 더욱 강조할 수 있는 지점들이 여러 번 있었어. 하지만 소재 자체가 너무나 고통스럽고 강렬했기 때문에, 그리고 내 세대의 독자들에게 이 소설이 필연적으로 가까이 다가올 거라는 걸 알았기에, 나는 그들이 연속적인 정신적 충격을 겪지 않도록 의도적으로 자제했지.

하지만 〈위대한 개츠비〉처럼 일반 대중과 동떨어진 주류 밀매자나 사기꾼 같은 인물을 다룰 때는 달랐어. 어떤 장면이든 주저하지 않고 극적으로 과장하거나 멜로 드라마적으로 연출했지.

이 이론이 도움이 될지는 모르겠지만, 자네 소설을 읽으면서 이 말을 꼭 전하고 싶었어. 동료 작가들의 기술을 조언받은 게 나에게는 큰 도움이 되었으니까. 사실 이것도 헤밍웨이와 대화를 나누면서 깨달은 것 같아. 어떤 작품은 극적인 결말보다는 조용히 가라앉는 여운이 더 나은 것 같다고 그가 말해줬거든. 그리고 생각해보니, 우리 둘 다 조셉 콘래드의 작품에서 이런 영감을 얻었던 것 같네.

존 필 비숍에게, 1934, <서신집Letters> pp.388-389

소설에 한 장면을 넣을 때, 그 장면이 중요하다고 해서 반드시 더 많은 분량을 할애해야 하는 건 아니야. 그것을 결정하는 건 전적으로 특별하고 고유한 예술적 판단의 영역이거든.

시오도어 드라이저가 쓴 <미국의 비극>에서는 뉴욕에서 일어난 익사 사건을 아주 세세하게 묘사했지. 나름대로 적절한 선택이었어. 하지만 반대로, 작품 전체의 중심이 되는 주요 에피소드가 단네다섯 문장으로 훌륭하게 설명하는 책도 무척 많잖아.

존 필 비숍에게, 1935, <서신집Letters> p.391

저도 그래요. 이야기의 주제를 짧게 끊어내기보다는 끝까지 풀어 나가는 편이죠. 마치 인생처럼요. 하지만 글 자체가 늘어지지 않으면서도 그걸 해낼 수 있다고 생각해요. 피로, 권태, 지침, 뭐 이런 것들은 실제 삶에서 보이는 것처럼 글에 나타나면 안 된다고, 저는 오랫동안 주장해왔거든요. 사실, 문학에서 그런 감정을 직접적으로 전달하는 건 애초에 불가능해요. 왜냐하면 권태는 본질적으로 지루하고, 피로는 본질적으로 피곤하니까요.

제임스 보이드에게(미국의 소설가), 1935, <서신집Letters> p.542

토머스 울프처럼 훌륭한 재능을 가진 사람이 서커스의 근육질 거인으로 변하는 모습은 정말 보고 싶지 않습니다. 운동선수는 경기를 대비하여 훈련해야지, 근육을 키우는 데에 만족해서는 안 되지요.

그렇게 되면 결정적인 순간에 기록을 깨지 못하고, 그저 군중을 향해 포환을 던지고 말 겁니다. 비유가 다소 혼란스럽긴 하지만 제가 무슨 말을 하는 건지 아시겠지요?

맥스웰 퍼킨스에게(피츠제럴드의 글을 편집하기도 했지만, 토머스 울프의 글도 편집했다), 1935, <서신집Letters> p.289

내가 헤밍웨이에게 영향을 줬다면, 그의 마음을 열어 놓고 "이 앞부분은 전부 잘라 버리자."라고 말한 정도였을 거야. 그러면 그 부분은 어디론가 사라져서, 정작 내가 잘라내자고 한 부분이 어디로

갔는지 그도 찾을 수 없었지.

결국 그는 그 부분 없이 출간했고, 나중에 우리 둘 다 그게 정말 현명한 결정이었다고 동의했어. 물론 말 그대로 사실은 아니야. 이 얘기가 헤밍웨이 전설의 일부로 굳어지는 건 원치 않거든. 하지만 한 작가가 다른 작가를 도울 수 있는 최대치가 이 정도가 아닐까 싶어.

존 오하라에게, 1936, <서신집Letters> p.559

수학을 포기하지 말았으면 좋겠구나. 나는 흥미가 덜한 일을 하면서 글쓰기에 대해 많은 것들을 배울 수 있었거든.

프랜시스 스콧 피츠제럴드에게, 1936, <서신집Letters> p.25

토머스 울프가 책에서 배운 것과 삶에서 얻은 것을 분리할 수만 있었다면 정말로 독창적인 작가가 되었을 거라고, 헤밍웨이는 말했다.

책에서는 리듬과 기술만을 배울 수 있다. 그러니 예술적으로 반쪽짜리 성장일 뿐이다.

이 말은 헤밍웨이의 말보다 정확하다. 하지만 내가 대화 중에 그를 비판할 때마다, 이후에는 어김없이 나 자신에게 화가 나곤 했다.

<무너져 내리다The Crack-up> p.178

매력적인 무대, 역동적인 전개,

활기찬 인물, 적절한 속도감과 활기까지

소설의 구상에 모두 담겨 있어야 해.

이중 두 가지가 빠지면 소설은 힘을 잃을 것이고,

세 개나 네 개가 빠지면

매장이 반쯤 문 닫는

백화점을 운영하는 꼴이 되어 버릴 거야.

존 필 비숍에게, 1935, <서신집Letters> pp.393-394

내 작품은 선별하거나 부풀리는 방식을 번갈아 사용하며 집필했어. 〈낙원의 이편〉과 〈위대한 개츠비〉는 선별적으로 쓴 작품이고, 〈아름답고 저주받은 사람들〉과 〈밤은 부드러워라〉는 풍부하고 포괄적인 구성을 목표로 했지. 사실 이 두 작품은 $\frac{1}{4}$ 정도 더 줄일 수 있었고, 전자는 사실 그것보다도 더 줄일 수 있었지. 물론 실제로는 이미 그 정도 잘라낸 작품이지만 충분하지 않았어.

차이점은 뒤에 두 작품은 모든 것을 다 적은 뒤에 흥미로운 부분을 남기려고 했다는 거야. 반면 앞의 두 작품은 특정한 분위기나 신비로운 느낌을 살리기 위해 내용을 선별해서 집필했어. 〈낙원의 이편〉에서는 그 방식이 조금 어설프긴 했지만 말이야.

좀 더 설명하자면, 〈위대한 개츠비〉를 쓸 때 롱아일랜드의 전형적인 이야기나 사기꾼, 불륜이라는 흔한 소재를 배제했어. 그리고 언제나 나를 강하게 사로잡는 작은 지점에서 이야기를 시작했지. 예를 들면 내가 직접 만난 아놀트 로스틴유대인 출신 마피아 같은 사람 말이야.

코레이 포드에게(미국의 시나리오 작가), 1937, 〈서신집Letters〉 p.573

형용사에 관해서 한마디 하마. 모든 훌륭한 산문은 동사가 이끌어 가는 문장에 기반을 두고 있어. 동사는 문장을 움직이게 만드는 힘이지. 아마도 영시 중 기술적으로 가장 뛰어난 작품은 존 키츠가 쓴 〈성 아그네스 축제 전야제〉일 거야.

예를 들어 '토끼는 바들바들 얼어붙은 풀밭 위를 절뚝거리며 뛰어갔다'라는 구절은 너무도 생생해서 독자는 거의 의식하지 못한 채 장면을 스쳐 지나가지. 하지만 그 동작들이 시 전체에 생동감을 불어넣거든. 절뚝거림, 떨림, 얼어붙음 같은 움직임이 독자의 눈앞에서 펼쳐지는 거야.

프랜시스 스콧 피츠제럴드에게, 1938, 〈서신집Letters〉 p.43

이제 나는 내가 어디에 있는지 그다지 신경쓰지 않아. 어떤 장소에도 특별한 기대를 품지 않게 되었어. 너는 이해하지? 나에게 이건 새로운 단계와 마찬가지야. 아니 어쩌면, 오랫동안 글을 쓰면서 점차 발전해온 어떤 발달의 과정일지도 몰라.

나는 어떤 인생을 살고 있든지 주변에서 본질적인 것들, 그러니까 극적이고 매력적인 것들을 발굴하려고 애썼잖아. 예전에는 세상에 대한 내 감각이 외부에서 얻어진다고 생각했어. 그게 푸른 하늘이나 음악 한 자락처럼 당연하고 객관적인 진실이라고 믿었지.

하지만 이제는 그게 내 안에 있었다는 걸 알아. 그리고 비록 아주 조금 남아 있을지라도, 그것을 소중히 여기게 되었어.

제럴드 머피에게(미국의 화가이자 예술후원가), 1938, <서신집Letters> p.446

이 작품은 어떤 형식도 따르지 않는다. 첫 장편에서는 그래도 괜찮다. 어쩌면 그러길 장려해야 할지도 모른다. 틀에 박히지 않은 글은 젊은 소설가가 자신의 개성을 마음껏 드러낼 기회를 주며, 개성이야말로 가장 중요한 요소기 때문이다.

⚜

    스타일이라고 하면, 색채를 의미해. 나는 단어를 엮어 무엇이든 그릴 수 있기를 바라거든. 허버트 조지 웰스처럼 강렬한 묘사를, 새뮤얼 버틀러처럼 명쾌한 역설을, 조지 버나드 쇼의 깊이를, 그리고 오스카 와일드의 재치를 원해.

    조셉 콘래드의 광활하고 무더운 하늘을, 로버트 스미스 히친스영국의 소설가나 러디어드 키플링처럼 황금빛 노을과 조각보처럼 몽환적인 하늘을, 그리고 길버트 키스 체스터튼의 파스텔톤 황혼까지, 모두 내 것으로 그려내고 싶어.

    물론 이건 단지 예시일 뿐이야. 사실 나는 이 시대 최고의 작가들의 기법을 훔치느라 혈안이 된 문학적 도둑이거든.

그 어떤 작품보다 조셉 콘래드의 〈노스트로모〉를 제가 썼으면 좋았을 겁니다. 〈마담 보바리〉를 제외하면, 이 작품이 〈허영의 시장〉 이후 쓰여진 가장 위대한 소설이라고 생각하거든요.

무엇보다도 노스트로모라는 인물 자체에 강한 끌림을 느낍니다. 그래서 세상 그 어떤 작품을 쓰기보다도, 신비롭고 복합적인 존재감 뒤에 숨겨진 그의 영혼을 끌어내고 싶습니다.

<인 히스 온 타임In His Own Time> pp.168-169

시는 혼자서 그냥 시작할 수 있는 게 아니란다. 시작 단계에서는 그 분야에 대한 열정과 지식을 가진 누군가의 도움이 필요해. 프린스턴에 있을 때, 존 필 비숍미국의 시인이자 소설가이 나에게 그런 역할을 해주었어. 시를 어느 정도 끄적거리기는 했지만, 그와 함께하는 몇 달간 시와 시가 아닌 것의 차이를 알 수 있게 되었거든.

시는 내면의 불꽃과도 같은 것이야. 뮤지션에게는 음악이고, 마르크스주의자에게는 공산주의겠지. 하지만 그게 아니라면, 시는 아무것도 아닌 것이란다. 그저 고루한 현학자들이 끝없는 주석과 해설을 붙여대는 형식적 따분함이자 공허일 거야.

존 키츠의 〈그리스 항아리에 부치는 송가〉는 베토벤의 9번 교향곡처럼 모든 음절이 필연적으로 이어지며 참을 수 없을 만큼 아름다워. 하지만 반대로 그저 이해할 수 없게 느낄 수도 있어. 그저 비범한 존재가 역사의 한 지점에서 잠시 머물러 손끝으로 닿았기에 존재하는, 그 자체로의 존재일 뿐이니까.

나는 이 시를 백 번도 넘게 읽은 것 같구나. 열 번쯤 읽었을 때 비로소 이 시가 무엇에 관한 것인지, 얼마나 정교한 구조로 울림을 품고 있는지 이해하기 시작했어. '지금은 죽기에 딱 알맞은 시간'이라는 구절로 유명한 〈나이팅게일에게 바치는 송가〉나, '오, 잔인하구나, 내게서 바질 화분을 훔쳐가다니!'라는 구절로 끝나는 〈이사벨라, 혹은 바질 화분〉도 마찬가지야.

〈성 아그네스 축제 전야제〉는 영문학 중에서 가장 풍부하고 관능적인 묘사를 품고 있어서, 셰익스피어도 여기에는 비할 바가 아니야. 그리고 마지막으로 〈빛나는 별〉과 같은 그의 위대한 소네트14행의 짧은 시로 이루어진 서양 시 서너 개도 마찬가지고.

어린 시절부터 이런 작품을 접하며 익혀 둔다면, 무언가를 읽을 때 장인의 작품과 양산품을 구별하지 못하는 일은 생기지 않을 거야. 누군가가 단어와 글의 본질을 제대로 알고 싶다면, 특히나 환기하고 설득하며 매력을 발산하는 본질적인 가치를 알고자 하는 사람이라면, 앞서 언급한 여덟 편의 시가 완성도의 기준이 되어 주겠지.

존 키츠의 시를 읽고 나면, 한동안 다른 모든 시는 그저 휘파람이나 흥얼거림 정도로만 느껴질 테니까.

프랜시스 스콧 피츠제럴드에게, 1940, <서신집Letters> pp.105-106

네가 윌리엄 블레이크나 존 키츠 같은 작가들을 진정으로 이해하게 될 때, 상상조차 하지 못했던 것을 얻게 될 거야. 그때가 바로 지금이면 좋겠구나.

프랜시스 스콧 피츠제럴드에게, 1940, <서신집Letters> p.104

〈고리오 영감〉, 〈죄와 벌〉, 〈인형의 집〉, 〈마태복음〉, 혹은 〈아들과 연인〉영국의 작가 D.H. 로렌스의 장편소설을 읽어본 적이 있니? 일 년에 일류 작가들의 작품을 대여섯 편 정도 흡수하지 않으면, 너만의 문체를 형성하기가 힘들어.

아니 언젠가는 형성되겠지만, 네가 감탄했던 여러 문체가 잠재의식적으로 융합되기보다는 단지 마지막으로 읽은 작가의 스타일을 반영하는 수준에 그치고 말 거야. 그러다 보면 결국 상투적이고 희석된 신문 기사체로 굳어지고 말겠지.

프랜시스 스콧 피츠제럴드에게, 1940, 〈서신집Letters〉 pp.102-103

네 문체에서 가장 큰 문제는 특색이 부족하다는 점이야. 그리고 이 문제는 시간이 지날수록 더 뚜렷해지겠지. 하지만 한때 너는 분명 특색을 가지고 있었어. 네 일기에도 담겨 있지.

이 특색을 키우는 유일한 방법은 너만의 정원을 가꾸는 것이고, 그걸 가능하게 해줄 유일한 도구는 시야. 왜냐하면 시는 문체의 가장 응축된 형태니까.

프랜시스 스콧 피츠제럴드에게, 1940, <서신집Letters> p.103

잠깐 또 설교해야겠구나. 내가 말하려는 것은 네가 느끼고 생각한 것들이, 스스로 새로운 문체를 만들어낼 거라는 점이야. 사람들이 새로운 문체에 대해 이야기할 때마다 항상 조금씩 놀라는 이유도 바로 여기에 있지.

그들은 단지 새로운 문체에 관해 이야기한다고 생각하지만, 사실 그들은 생각의 독창성이 드러날 만큼 새로운 사상을 강렬하게 표현하려는 노력에 대해 말하고 있거든.

프랜시스 스콧 피츠제럴드에게, 1940, <무너져 내리다The Crack-up> p.304

코미디에서는 가장 강렬한 장면이 먼저 나와야 해. 한 캐릭터가 웃긴 인물로 자리잡고 나면, 그가 뭘 하든 재미있게 느껴지거든. 적어도 현실에서는 그렇잖아.

아널드 깅리치에게(<에스콰이어> 잡지의 공동 창립자), 1940, <더 팻 하비 스토리The Pat Hobby Stories>, 서문 pp.17~18

문학과는 전혀 무관한 환경에서 성장한 덕을 본 작가들이 많이 있어. 예를 들어 조셉 콘래드가 그랬지. 문학 밖의 경험은 풍부한 소재를 제공할 뿐만 아니라, 세상을 이해하는 독창적인 접근 방식을 형성해주거든.

하지만 오늘날 글쓰기는 이 접근 방식의 부재와 단순한 소재의 고갈로 고통받고 있어. 온통 관계 중심의 이야기뿐이지. 하지만 해변이나 사교 클럽이, 일반적으로는 세상의 전부는 아니니까 말이야.

프랜시스 스콧 피츠제럴드에게, 1940, <서신집Letters> p.121

꧁ꕥ꧂

시도하고 실패해보는 경험이 중요하단다. 전통적인 약강오보격弱
強五步格, 영시의 대표적인 운율 형식 소네트를 잘 써보거나 브라우닝의
짧은 극시를 읽어본 경험이 없다면, 간결한 산문은 쓸 수 없을 테니
까.

하지만 이건 어디까지나 내 방식이니, 너는 다를 수도 있겠지. 헤
밍웨이의 방식도 나와는 달랐거든. 하지만 이토록 길게 편지를 쓰
는 이유는, 네가 흥얼거리듯이 써내려간 이야기 속에서 진정한 운
율을 발견했기 때문이란다.

…… 아직은 진솔함이 약간 부족해서 독자들이 읽는다면 '그래
서 뭐?'라고 반응할 수도 있어. 하지만 언젠가 너조차 예기치 못한
순간에, 사건이나 사고를 그대로 언급하는 것이 아닌, 파티에서 일
어난 혹은 그후에 일어난 일에 관한 어떤 깊은 본질을 전달하고 싶
어지는 순간이 반드시 올 거야. 그러면 비로소 진솔함이 네게 찾아

오겠지.

그때가 되면 검소한 라플란드 사람을 설득하여, 카르띠에Cartier 에서 사치를 부려야 한다고 생각하게 만들 수 있다는 걸 알게 될 거야.

_(깃펜 삽화)_

프랜시스 스콧 피츠제럴드에게, 1940, <서신집Letters> p.119

소설 속 인물

❦

　저도 사실 개츠비가 어떻게 생겼는지, 혹은 무슨 일을 하는지 몰랐습니다. 당신께서는 그 점을 느끼셨을 겁니다. 만약 제가 알고도 말씀드리지 않았다면, 제 지식에 너무 감탄하셔서 오히려 이의를 제기하지 못하셨겠지요. 이 이야기는 다소 복잡합니다만, 저는 이해해주실 것이라 확신합니다.

　그렇지만 이제 저는 알게 되었습니다. 그리고 미리 알지 못했던 것에 대한 일종의 '벌'로써, 다시 말해 더 확실히 하기 위해, 앞으로 더 많은 것을 자세히 말씀드리려 합니다.

맥스웰 퍼킨스에게, 1925, <서신집Letters> p.193

꙳

글을 보내 주셔서 진심으로 감사드립니다. 개츠비에 대한 분석에 전적으로 동의합니다. 개츠비는 미네소타의 어느 시골 농부를 모델로 만들어졌습니다. 어쩌면 제가 실제로 알았지만 이제는 잊어버린 인물일지도 모르죠.

동시에 어떤 낭만적인 요소와도 연결되어 있습니다. 흥미롭게 느끼실지 모르겠지만, 제 소설집 《슬픈 젊은이들》에 담긴 〈엡솔루션〉이라는 단편은 사실 개츠비의 젊은 시절을 그리기 위해 쓴 이야기였습니다. 하지만 신비로운 분위기를 유지하기 위해 그 부분을 잘라냈습니다.

존 제이미슨에게, 1934, <서신집Letters> p.529

나는 헤밍웨이와는 완전히 다른 소설 철학을 가지고 있어. 하나의 인물을 창조하려면 적어도 대여섯 명의 사람을 결합해야 그만큼 강한 개성과 깊이를 지닌 인물이 탄생한다고 생각하지. 그 이론을 따르면서, 아니 어쩌면 그 이론을 거스르면서, 나는 〈밤은 부드러워라〉에 당신을 여러 차례 그렸어.

'그녀의 얼굴은 차갑고 아름다우며 애처로웠다.'

'그녀에 대한 사랑으로 그는 수년 동안 무거운 공포에 짓눌려 있었다.'

이 문장들, 그리고 수백 문장 속에서 당신을 그려냈지. 당신을 직접 묘사하려 했던 게 아니야. 오히려 남자들이 당신에게 품는 감정, 그 메아리와 울림을 재현하려 했어.

사라 머피에게(미국의 예술후원가), 1935, 〈서신집Letters〉 p.441

이 편지가 독단적으로 들린다면 죄송합니다. 저는 이 책과 등장인물들의 세계 속에서 너무 오래 지내다 보니, 종종 현실 세계는 존재하지 않고 오직 이들만 존재하는 것처럼 느껴집니다.

이 말이 허세처럼 들릴지도 모르겠습니다만 한 톨의 과장 없는 사실입니다. 그래서 그들이 겪는 기쁨과 고통은 저에게 현실에서 일어나는 일들만큼이나 중요하게 다가옵니다.

맥스웰 퍼킨스에게, 1934, <서신집Letters> p.273

허클베리 핀은 처음으로 되돌아본 여행자였다. 서부의 시선으로 미국을 되돌아본 최초의 사람이었다. 바다를 건너지 않은 사람 중에서 우리를 객관적으로 바라본 첫 번째 눈이었다.

개척지는 웅장한 산맥으로 둘러싸여 있었지만, 그는 산맥을 바라보는 것만으로 만족하지 않았다. 그의 눈은 쉴 새 없이 사람들을 좇아갔고, 그들이 어떻게 함께 살아가는지 들여다봤다. 그리고 그가 깊이 돌아보고 기록했기에, 우리는 그를 영원히 기억하게 되었다.

<인 히스 온 타임In His Own Time> p.176

행동이 곧 캐릭터다 영화 대본 작업에서 행동의 필요성을 깨달은 피츠제럴드의 통찰.

<더 라스트 타이쿤The Last Tycoon> p.163

삶에 대한 날카롭고 명확한 태도 없이,

어찌 소설가로서의 책임을

떠맡을 수 있는지,

나는 도무지 이해할 수 없다.

<인 히스 온 타임In His Own Time> p.156

처음 글을 쓰기 시작할 때 미국식 플랩퍼Flapper, 1920년대 재즈 시대의 자유분방하고 젊은 여성들을 지칭한다를 그려낼 생각은 전혀 없었어. 단지 내가 잘 아는 여자아이들 중에서 독특한 인간적 매력을 가진 이들을 골라 주인공으로 삼았을 뿐이지…….

<인 히스 온 타임In His Own Time> p.265

　개인을 그리는 것으로 시작해라. 그러면 어느새 하나의 유형을 창조하게 될 것이다. 하나의 유형을 그리는 걸로 시작하면, 결국 아무것도 만들어내지 못한다.

<인 히스 온 타임In His Own Time> p.480

소설을 쓰는 일이 이를 뽑는 것만큼이나 힘들게 느껴져. 지금은 등장인물을 심어 나가는 초기 단계거든.

사람들에 대한 감각이 예전 같지 않아서 더 어려운 것 같아. 흩어진 수많은 인상과 사건들을 모아서 하나의 온전한 인물의 구조를 만들어야 하잖아.

젤다 피츠제럴드에게, 1940, <더 라스트 타이쿤The Last Tycoon> p.149

〈콜리어스〉잡지사의 에디터가 글을 써달라고 연락이 왔어. 나는 지금 오직 나 자신을 위한 소설을 쓰고 있다고 말했지. 완성되면 한 번 보여줄 수는 있다고도 했어.

이 작품은 기존의 어떤 소설과도 다를 거야. 왜냐하면 1톤의 버려진 아이디어들 속에서 단 1온스의 우라늄을 찾아내듯 이야기를 쓰고 있으니까.

이건 구스타브 플로베르의 소설처럼 이념이나 사상에 기대지 않는 이야기야. 내가 바라기로는 진정성 있는 분위기 속에서 각 인물이 독립적으로, 그리고 집단으로 움직이며 이야기를 만들어나가는 작품이 되었으면 좋겠어.

내가 쓴 다른 작품들과 비교하자면, 이건 〈위대한 개츠비〉와 가장 비슷해.

젤다 피츠제럴드에게, 1940, <서신집Letters> p.151

비평가와 비평

※

    낙원은 여기에 있었어. 스무 개의 서평 중에서 절반은 다소 긍정적이었어. 나머지 열 개 중 반은 내가 콤프턴 맥켄지의 소설 〈시니스터 스트리트〉를 너무 자주 읽은 거 아니냐고 했고, 나머지 반은 〈타임즈도 여기에 포함이 되는데〉 한마디로 말하자면 내 소설이 너무 인공적이래.

에드먼드 윌슨에게, 1921, 〈서신집Letters〉 p.351

정당한 비판을 조용히 받아들이고 입을 다무는 작가를 본 적이 있나요?

H. l. 멘켄에게, 1925, <서신집Letters> p.499

내가 그럭저럭 괜찮은 이야기를 써낼 수 있는 유일한 방법은 아무도 이 이야기를 받아 주지 않을 거라고 생각하며, 전혀 신경쓰지 않는 거야. 편집자를 의식하는 행위는 내게 재앙과도 같거든. 그들의 비판은 나중에 생각하지 뭐……

헤럴드 오버에게, 1935, <서신집Letters> pp.416-417

어느 순간 오직 특정한 사람들을 위해서만 글을 쓰는 때가 올 겁니다. 그리고 그 외의 사람들이 어떤 의견을 가지든, 거의 아무런 의미도 가지지 않게 되겠지요.

크리스천 가우스에게(프린스턴 시절 대학교수), 1934, <서신집Letters> p.407

인터뷰에서 나에 대해 뭐라고 했든 상관없으니, 앞으로는 기사를 꼭 스크랩해서 보내 주기를 바란다. 문학계 심술쟁이들이 나에 대해서 쓴 책을 받는 것보단 나으니까 말이다. 어차피 많은 전문가에게 비난받아 왔다. 나 자신을 포함해서 말이다.

프랜시스 스콧 피츠제럴드에게, 1940, <서신집Letters> p.88

지난 15년간 호머고대 그리스의 서사 시인나 헤롤드 벨 라이트소설로 백만 부를 판매한 최초의 미국 작가와 비교당하다 보니, 이제 전문 서평가만 봐도 알코올 중독자가 술을 본 것처럼 손이 떨려 와요. 가벼운 이들은 단지 주변에 떠다니는 다른 거품을 보고는 입에 거품을 물고 열정적으로 떠들어댑니다. 멍청이들은 최악의 부분을 보고 최고라 하고, 최고의 부분을 보고 최악이라 하기도 하죠.

하지만 그중에서 가장 역겨운 건 어중간한 태도를 취하는 비겁한 놈들과 책에서 발췌한 문장으로만 서평을 쓰는 기생충들입니다. 마치 스승을 조롱할 특별한 권리를 부여받은 것처럼 말입니다.

그럼에도 불구하고, 제가 책을 낼 때마다 늘 두세 명 정도는 제 의도를 정확히 이해하고, 그 의도를 얼마나 달성했는지를 객관적으로 평가해줬습니다.

메이블 닷지 루한에게(미국의 칼럼니스트이자 예술후원가), 1934, <서신집Letters> p.531

이제 내 주제곡에 점점 더 가까워지고 있는데, 그것은 바로 〈위대한 개츠비〉를 읽은 독자들에게 전달하고 싶은 메시지와 연결되어 있다. 비평가에 대한 건강하고 회의적인 태도를 가지기를 바란다는 것이다.

과도한 자만까지는 아니지만 어떤 직업을 가지고 있든지 스스로에게, 내면을 보호할 쇠사슬로 엮은 갑옷 한 벌 정도는 허락하도록 하자.

자존심은 중요한 자산이다. 그런데 그 중요한 것을 오전 중에 이미 열두 명의 자존심을 조롱하는 사람에게 내맡긴다면, 스스로에게 실망을 약속하는 꼴이다. 단단한 전문가라면 애초에 그렇게 휘둘리지 않았을 것이다.

<인 히스 온 타임In His Own Time> pp.155-156

천재는 초월적인 힘으로 하나의 우주를 창조하며, 이렇게 탄생한 우주는 감수성이 예민한 일부 사람들에게는 기존에 인식하던 우주를 대체할 정도로 압도적이다.

그 새로운 우주는 즉시, 이전의 우주만큼이나 궁극적 실재에 가까워진다.

진부한 표현이지만, 비평가는 그저 어떤 작품의 힘을 보고 느낀 자신의 반응을 묘사하는 데에 그칠 수밖에 없다.

<인 히스 온 타임In His Own Time> pp.138-139

어떻게 한 비평가가 단 몇 시간 만에 사회적 장면의 열두 가지 서로 다른 측면을 포괄하는 관점을 취할 수 있는지 이해할 수 없다. 마치 공룡처럼 거대하고 시대에 뒤처진 그들의 비평이, 젊은 작가들이 감당해야 하는 깊고도 막막한 고독 위에 압도적으로 드리워

지는 듯하다.

다시 이 책 〈위대한 개츠비〉로 보자면 제대로 된 영어 편지 한 장
도 쓰기 어려웠을 법한 여성이, 길모퉁이 영화관에 가는 기분으로
가볍게 읽는 책이라 평가했다.

젊은 작가들이 자주 만나게 되는 비평이 바로 이런 종류다. 성공
여부를 떠나, 작가들이 온 힘을 다해 살아가려 애쓰는 상상의 세계
에 대한 어떠한 인정도 없는 것 말이다…….

<인 히스 온 타임In His Own Time> p.156

비평가로서의 피츠제럴드

"고전이라……"

앤터니가 말했다.

"고전이란 다음 시대나 세대의 반응을 성공적으로 버텨낸 책이지. 살아남고 나면 안전해지는 거야. 마치 건축이나 가구의 스타일처럼 말이야. 유행을 뛰어넘는 고풍스러운 위엄을 얻게 되는 거지."

<아름답고 저주받은 사람들The Beautiful and Damned> p.47

"…… 내가 사실주의 화가가 아니라 아쉽군요."

　그는 말을 내뱉고 나서 의견을 바꿨다.

　"아니, 오히려 낭만주의자만이 보존할 가치가 있는 것들을 담아
내는 것 같아요."

<아름답고 저주받은 사람들The Beautiful and Damned> p.73

　그 연극은 내 다른 작품들과 같아요. 훌륭한 요소를 가득 담은
아주 형편없는 공연이었죠.

조지 진 네이선에게(미국의 연극비평가), 1922, <서신집Letters> p.489

율리시스가 나에게 어떤 의미인지 미결정 상태야. 내가 내릴 수
있는 가장 객관적인 판단이기도 해.

에드먼드 윌슨에게, 1922, 〈서신집Letters〉 p.364

파리에 사는 젊은 미국인을 알고 있나요? 헤밍웨이라고 해요.
〈트랜스애틀랜틱 리뷰〉에 글을 기고하는데, 아주 전도유망합니다.
저라면 당장 그를 찾아가겠어요. 그는 진짜예요.

맥스웰 퍼킨스에게, 1924, 〈서신집Letters〉 p.187

새로운 소설이 3월 말에 출간됩니다. 〈위대한 개츠비〉지요. 약 1년 동안 정말 공들여 작업했습니다. 제가 이전에 쓴 어떤 것보다 10년은 더 나은 작품이라고 생각합니다.

지나치게 날카로운 재치는 철저하게 배제했습니다. 제 가장 큰 약점이었거든요. 때로는 냉소적 웃음을 자아내게 하지만, 결국 작품을 산만하게 만들어서 망가뜨리더군요. 이번 작품에는 그런 요소를 전혀 남기지 않았습니다.

원래 제목을 〈트리말키오〉고대 로마 문학 작품인 〈사티리콘〉에 나오는 부유한 해방 노예. 돈은 많지만 교양 없고, 사치와 과시로 가득해서 '돈만 많은 졸부'의 상징으로 통용된다로 하고 싶었는데, 젤다와 다른 모든 이들의 반대로 무산되었습니다.

어니스트 보이드에게(미국의 문학비평가), 1925, 〈서신집Letters〉 p.497

만약 내가 뭐든 제대로 아는 사람이었다면, 미국에서 제일가는
작가가 되었겠죠.

맥스웰 퍼킨스에게, 1926, <서신집Letters> p.222

　자네의 예술적인 면모를 나는 완벽하고 전폭적으로 존경하네.
죽었거나 죽어가고 있는 늙은이들을 제외하면, 자네는 내가 존경
해 마지않는 사람 중에서 소설을 쓰는 유일한 사람이거든.
　자네의 작품 속 일부 문단은 정말이지 계속 반복해서 읽다가, 일
년 반쯤 전에 의식적으로 그만두었어. 자네가 가진 그 특유의 리듬
감이, 침투의 과정을 통해서 내 글에 영향을 미칠까 두려웠거든.

어니스트 헤밍웨이에게, 1934, <서신집Letters> p.336

내가 <위대한 개츠비>에서

실제로 덜어낸 부분과

감정적으로 걷어낸 것만으로도,

또 한 권의 소설을 만들 수 있을 것이다.

<인 히스 온 타임In His Own Time> p.156

어니스트 헤밍웨이의 〈우리들의 시대에〉라는 단편집을 읽었다.
바다를 향하길 꺼리던 내 시선을 조셉 콘래드가 꺾은 뒤로, 이토
록 숨막힐 정도로 매료되면서도 꺼리며 읽은 건 처음이었다.

<어느 작가의 오후Afternoon of an Author> p.l20

소설이 선택적 서술로 이루어진다는 점에 대해 이렇게 말할 수
있습니다. 구스타브 플로베르 같은 위대한 작가는 등장인물이 무
엇을 하고, 무슨 말을 할지에 대해 불필요한 부분을 의식적으로 제
외했습니다. 그는 오직 자신만이 볼 수 있는 것들만을 기록했지요.
그래서 그의 〈마담 보바리〉는 영원히 고전으로 남았지만, 모든 것
을 서술하려 했던 에밀 졸라의 작품은 세월의 흐름 속에서 흔들리
고 있는 겁니다.

이것이 간단히 말해 당신에 대한 저의 입장입니다. 다만 이걸 비
판이라고 할 수 있을지는 모르겠습니다. 왜냐하면 저는 당신을 매

우 존경하고, 당신의 재능이 이 나라뿐만 아니라 다른 어느 나라에서도 비할 데 없는 것이라고 생각하기 때문입니다.

토머스 울프에게(미국의 소설가), 1937, <서신집Letters> p.574

그녀는 〈일어나 꿈꾸라〉라는 제목의 낙관주의에 대한 책을 썼는데, 그 책은 마치 녹슬어가는 아름다운 반쪽짜리 진실처럼 보였다. 병과 죽음, 전쟁과 광기, 그리고 모든 성취의 척도를 생략한 채 자극적이고 달콤한 위로만 속삭이고 있었다.

그녀는 이 형편없는 소설을 쓴 뒤, 곧바로 소설 쓰는 방법을 가르치는 또 다른 책을 냈다. 그렇게 그녀는 위대한 미국의 전통 속에서 위대한 예언자의 길을 걷기 시작한 셈이었다.

<무너져 내리다The Crack-up> p.178

마저리 키난 롤링즈의 〈아기 사슴 플랙〉을 읽고 깜짝 놀랐습니다. 〈사우스 문 언더〉보다 훨씬 더 뛰어난 작품 같았어요. 액션 장면을 자연스럽게 풀어내는 걸 보고는 시기심까지 일었습니다.

    이를테면 그 엄청나게 복잡한 사냥 장면을 저라면 미리 세세하게 계획을 짜서 전개하다가, 결국 부자연스럽고 어색하게 만들고 말았을 겁니다. 하지만 롤링즈의 작품에서는 그냥 자연스럽게 흘러갑니다.

    등장인물은 계속해서 생각하고, 말하고, 느끼며 멈추지 않습니다. 그래서 독자도 그와 함께 생각하고, 말하고, 느끼지요.

맥스웰 퍼킨스에게, 1938, 〈서신집Letters〉 p.304

    마가렛 미첼의 〈바람과 함께 사라지다〉를 나도 읽었다. 완전히 정독했어. 좋은 작품이야. 하지만 독창적이지는 않더구나. 사실 아닐드 베넷의 〈늙은 아내들의 이야기〉나 윌리엄 새커리의 〈허영의 시장〉 같은 남북전쟁을 배경으로 쓰인 다른 작품과 많이 비슷해. 새로운 인물도, 기법도, 관찰도 없어. 이 작품을 구성하는 그 어떤 요소도 새롭지가 않구나. 특히나 인간의 감정에 관한 탐구가 전혀 새롭지 않았지.

하지만 그럼에도 불구하고 흥미로웠어. 놀랄 만큼 솔직하고 일관성이 있는, 그러니까 견고하게 잘 짜인 소설이야. 그래서인지 이 작품에는 경멸감 같은 건 들지 않았다. 다만 이게 인간이 쓸 수 있는 최고의 작품이라며 찬사를 보내는 사람들에게, 약간의 연민을 느끼긴 했지만 말이다.

프랜시스 스콧 피츠제럴드에게, 1939, 〈서신집Letters〉 p.65

제발 좋은 책을 반쯤 읽고 덮어 두지 말렴. 책의 감동을 스스로 망치는 꼴이거든. 레프 톨스토이의 〈전쟁과 평화〉는 아직 시작하지 말길 바란다. 이건 남자들의 책이라서 네가 흥미를 느끼려면 시간이 좀 필요할지 몰라.

하지만 다니엘 디포와 새뮤얼 버틀러의 책들은 꼭 완독하면 좋겠구나. 대작을 함부로 대하지 말거라. 세상에 그런 걸작은 그 수가 정말 적거든.

프랜시스 스콧 피츠제럴드에게, 1939, 〈서신집Letters〉 pp.67-68

영국 소설 속 풍자적 성격에 관한 네 의견은 아주 적절하다. 그리고 이와 대척점에 있는 문학적 접근이 궁금해진다면, 찰스 디킨스의 명작 〈블리크 하우스〉를 읽어보렴. 그리고 감정 세계를 탐구하고 싶어진다면, 표도르 도스토예프스키의 〈카라마조프가의 형제들〉을 읽어보면 좋을 거다. 그러면 소설이 어디까지 나아갈 수 있는지 알게 될 거야.

네가 새뮤얼 버틀러를 좋아하게 되었다니 정말 기쁘구나. 나도 그의 작품에서 어니스트의 아버지가 '감정을 드러내지 않으려고 고개를 돌렸다'라고 묘사한 대목을 특히 좋아했다. 정말이지, 그 문장에 담긴 혐오감이 어찌나 정밀한지. 내가 혐오하는 몇 가지를 '저렇게 깨부술 수 있었으면 좋겠다'고 생각했다……. 저토록 정교한 솜씨로 말이야.

프랜시스 스콧 피츠제럴드에게, 1939, <서신집Letters> p.69

내가 소설에 흥미를 두는 경우는 둘 중 하나다.

첫째는 완전히 새롭고 신선하면서도 감정의 깊이가 느껴지는 작품이다. 〈붉은 무공훈장〉이나 〈소금〉이 예시가 될 것이다.

둘째로는 마크 트웨인이나 부스 타킹턴처럼 비범한 재능을 가진 작가가 압도적 기량을 보이며 쓴 걸작이 있다.

그리고 위대한 책은, 이 두 가지 요소를 모두 갖춘 책이다.

<인 히스 온 타임In His Own Time> p.l27

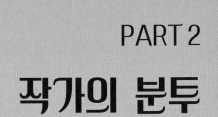

PART 2

작가의 분투

작가의 존재와 역할

작가란 무엇인가?

작가들에게 주는 충고

작가로서의 삶

출판에 관하여

작가의 존재와 역할

내가 조셉 콘래드가 쓴 〈나르시서스호의 검둥이〉에 나오는 서문을 읽고 세운 가설이 있네. 소설의 목적은 독자의 마음속 남은 여운에 호소하는 것이라는 점이지.

그런 점에서, 투쟁심을 불러일으키는 연설이나 사색에 잠기게 하는 철학과는 목적이 달라.

어니스트 헤밍웨이에게, 1934, <서신집Letters> p.336

나는 자꾸 조셉 콘래드의 〈나르시서스호의 검둥이〉 서문을 떠올리게 돼. 소설에서 가장 중요한 점은 독자에게서 끌어낸 본질적인 반응이 깊고 오래 지속되는 것이라고 믿고 있거든.

만약 〈밤은 부드러워라〉의 결말이 충분히 효과적이지 못하더라도, 독자가 작가의 이름조차 잊어버린 한참 뒤에 그 여운이 다시 찾아온다고 생각하면 오히려 그게 더 기쁠 것 같아.

존 필 비숍에게, 1934, <서신집Letters> p.387

글쓰기에 대한 제 이론은 한 문장으로 요약할 수 있습니다. 작가는 자신이 속한 세대의 젊은이들과 다음 세대의 비평가들 그리고 후대의 교육자들을 위해서 글을 써야 합니다.

출판유통협의회에 보내는 편지, 1920, <서신집Letters> pp.477-478

소설은 적어도, 쓰기 시작할 때는 궁극적인 철학 체계를 만들겠다는 생각으로 쓰는 게 아니야. 그런데 자네는 문학적 형식에 대한 겸손함을 잃음으로써 자신감 부족을 만회하려 했던 것 같아.

존 필 비숍에게, 1929, <서신집Letters> p.386

무언가를 쓸 때 그게 20년 전 일이든, 어제 일이든 반드시 감정에서 출발해야 한다. 내가 가깝게 느끼고 깊이 이해하는 감정에서 출발해야만 한다.

<어느 작가의 오후Afternoon of an Author> p.132

어니스트 헤밍웨이, 버지니아 울프, 그리고 제가 작가로서 공통점이 있다면 그것은 우리의 소설 속에서 때때로 드러나는 특정 시간과 공간에서의 순간적 느낌을 정확히 되살리려 한다는 것입니다. 이 시도는 사물보다는 사람들에 의해 구현됩니다.

　이는 시인 존 키츠가 놀라운 솜씨로 이룬 것보다는 윌리엄 워즈워스가 시도했던 것에 더 가깝습니다. 다시 말해, 깊은 경험에 대한 성숙한 기억을 재현하려는 노력입니다.

맥스웰 퍼킨스에게, 1934, <서신집Letters> p.276

　제가 소설에서 쓰는 거의 모든 것은 좋든 나쁘든, 독자의 잠재의식 속으로 스며듭니다. 몇 년이 지나 사람들이 제게 와서 〈벤자민 버튼의 시간은 거꾸로 간다〉와 같은 이야기를 마치 일화처럼 전하곤 했어요. 누가 그 이야기를 썼는지 오랫동안 잊어버린 채로 말이죠. 아마도 이것이 제가 쓴 글이나 말한 것 중에서, 가장 자만심이 드러난 표현일 겁니다.

마거릿 케이스 헤리먼에게(미국의 저널리스트), 1935, <서신집Letters> p.547

훌륭한 글쓰기는 깊은 물속에서, 오래 숨을 참으며 헤엄치는 일과 같다.

<무너져 내리다The Crack-up> p.304

작가의 주요 목적이 '보게 만드는 것'이라면, 잡지의 주된 목적은 읽히는 것이겠지요.

맥스웰 퍼킨스에게, 1934, <서신집Letters> p.271

우리 시대를 살아가는 그 누구보다 조셉 콘래드가 가장 명확하고 생생하게 정의했다.

"내 역할은 글의 힘으로 당신을 듣고 느끼게 하는 것이다. 그리고 무엇보다도 보게 만드는 것이다."

처음으로 돌아가 다시 시작하는 건 어렵지 않다. 은밀히 하는 것은 더욱 그렇다. 하지만 진짜 목표는 관객석에 군중이 모여 있을 때, 멋진 경기 한두 번을 해내는 것이다.

<어느 작가의 오후Afternoon of an Author> pp.135-136

"소설이란 결국 마음과 이성을 이용한 하나의 속임수야. 마치 마술사가 트릭을 펼칠 때 다양한 기술을 조합하듯이, 소설도 수많은 감정들로 이루어져 있지. 하지만 한 번 익히고 나면, 곧 잊어버리게 돼."

"그럼 언제 배워요?"

"매번 시작할 때, 매번 새롭게 배워야 하는 셈이야. 그러다 어느 순간 보이고, 어떤 것들은 남게 되지. 끔찍하게 앉아만 있는 날과 잠 못 이루는 밤, 끝없이 이어지는 불만족을 도대체 내가 왜 선택한 것인지. 그리고 다시 돌아간다고 해도 또다시 선택할 수밖에 없을지라도……"

<어느 작가의 오후Afternoon of an Author> p.184

문학이 아름다운 이유 중 하나는,
네 갈망이 보편적이었다는 것을
깨닫게 된다는 거야.
그 순간 너는 사람들로부터 고립된
외로운 존재가 아니라
그들 중 하나가 되거든.

쉴라 그레이엄에게, 1938, <비러브드 인피델Beloved Infidel> p.196

모든 시대를 통틀어 근본이 되는 이야기가 있다. 〈신데렐라〉와 〈잭과 콩나무〉다. 바로 여성의 매력에 대한 이야기와 남성의 용기에 관한 이야기다.

<무너져 내리다The Crack-up> p.180

한때 찬란하게 이름을 떨친 작가들은 투어 강연에 나섰다. …… 소설가들은 상업적인 글을 쓰거나 문학을 완전히 포기했다.

하지만 그들은 충분히 깨닫지 못했다. 소재라는 것은 아무리 세심하게 관찰한다고 하더라도 부패하지 않는 형식과 열정적 감정의 정화를 통하지 않으면, 아무런 존재론적 의미를 가지지 못한다는 것을 말이다.

<어느 작가의 오후Afternoon of an Author> p.120

우울 삼부작인 〈무너져 내리다〉를 완성하는 세 번째 글이 있습니다. 물론 지금은 상황이 조금 나아졌거나, 혹은 나아지지 않았더라도 절망의 강도가 조금 옅어졌습니다. 그래서 글쓰기가 일종의 정화 작용을 했다는 것을 깨닫습니다.

하지만 글을 쓰던 당시에는 제가 적은 말들이 절대적인 진실처럼 느껴졌습니다. 날 선 비평가라면 이 세 편의 글을 응석받이의 푸념으로 깎아내릴 수도 있겠습니다만, 그렇게 본다면 대부분의 시는 작가 안에 남아 있는 영원한 젊은이의 불편일 뿐일 겁니다.

그리고 셀리나 크레인, 베를렌처럼 위대한 시인의 수많은 중얼거림과 이 글의 차이는 단지 산문이라는 점뿐일 겁니다. 물론 이 글이 그들의 훌륭한 애가와 동등한 수준이라고 주장하는 것은 아닙니다. 단지 본질적으로 가진 분위기가 다르지 않다고 언급하는 것뿐입니다.

줄리안 스트리트에게(미국의 저널리스트이자 소설가), 1936, 〈서신집Letters〉 p.553

왜곡을 향한 위로도, 자극도, 확인도 모두 다 부도덕하다. 삶에 대한 자연스러운 의지를 대신하는 모든 것은 부도덕하다.

값싼 오락은 성숙의 시점에서 부도덕한 것으로 변하고, 영혼을 잠식하는 마약과도 같은 역할을 한다.

<인 히스 온 타임In His Own Time> pp.139

"당신은 위대한 문학적 전통의 일부가 될 것으로 기대하나요?" 내가 조심스럽게 물었다.

"위대한 문학적 전통 같은 건 없어. …… 모든 문학적 전통은 결국 사멸하게 된다는 전통만이 있을 뿐이지. 지혜로운 문학적 아들이라면 제 아버지를 죽이는 법이거든."

<인 히스 온 타임In His Own Time> pp.162-163

예술에서 새로운 창조가 더 위대한지, 기존 형식을 완벽하게 보완하는 것이 더 위대한지, 네가 물었지. 피카소가 거트루드 스타인에게 한 말을 인용하면 적절한 대답이 될 것 같구나.

"우선 뭐든지 새로운 걸 해라. 그러면 누군가 따라와서 예쁘게 다듬을 것이다."

진정한 예술가라면 누구나 조토나 레오나르도처럼 새로운 기법을 창조한 이가 틴토레토처럼 다듬어 완성시킨 이보다 훨씬 더 위대하다고 생각할 거야. 같은 맥락으로, 형식의 혁신을 보여준 D.H. 로렌스는 스타인벡과는 비교할 수 없을 만큼 더 위대하다고 할 수 있지.

프랜시스 스콧 피츠제럴드에게, 1938, <서신집Letters> p.89

작가란 무엇인가?

"잠깐, 너는 예술가의 창작이 지적인 작업이라고 생각하지 않는 거야?"

"아니, 예술가는 기존 스타일을 자기만의 방식으로 다듬고, 세상을 바라보는 자신만의 시선으로 재료를 고르는 거야. 결국 모든 작가에게 글쓰기는 삶 그 자체나 마찬가지지."

<아름답고 저주받은 사람들The Beautiful and Damned> p.37

"오늘 나는 딕이 제법 믿을 만한 사람이라고 생각했단 말이야. 딕이 관념이 아니라 인간에 천착한다면, 또 예술이 아니라 인생에서 영감을 받는다면, 언젠가 거물이 될 수 있을 거라고 생각해. 제대로 성장한다고 치면 말이지."

"그의 검은 노트를 보니 인생 쪽을 지향한다는 생각이 들기는 했다만."

앤서니는 팔꿈치를 짚어 몸을 일으키면서 열렬히 말했다.

"인생 쪽을 향하려고 노력은 하지. 모든 작가가 그렇게 해. 아주 형편없는 사람들이 아니라면 말이야. 하지만 결국 대부분 소화하기 쉬운 음식만 곱씹으며 살아. 사건이나 인물은 삶에서 올 수도 있어. 하지만 작가는 언제나 그가 읽은 최근 작품의 관점에서 그걸 해석해."

<아름답고 저주받은 사람들The Beautiful and Damned> p.47

사실 〈더 베지터블〉장편희곡, 애틀랜틱시티에서 초연했지만 대실패하고 피츠제럴드는 빚을 갚기 위해 5달 동안 단편소설 집필에 전념해야 했다로 실패하기 전에는 글의 수준을 의도적으로 낮춰본 적이 없어요. 어쩌면 그건 〈위대한 개츠비〉를 쓰기 위한 과정이었을 거예요. 수준을 낮춰서 돈을 벌 수 있는 걸 알았다면, 아주 오래전부터 그렇게 했을 거예요. 하지만 영화 대본으로 시도해봤지만 실패했거든요.

　지성인에게는 수준을 낮춰서 글을 쓰는 게 무척이나 어려운 일인데. 사람들은 잘 모를 거예요.

　랭스턴 휴스나 스티븐 위트먼만 봐도 비극적인 책 한 권을 쓰고는 소식이 없잖아요. 왜냐하면 진정한 자아나 정신을 가지지 못한 채 신경질적으로 주린 배만 움켜쥐어야 했기 때문이겠죠. 배가 부르고 허영으로 기름칠을 좀 하고 나면, 세상은 낭만적으로 보이기 시작하거든요. 그러면 얄팍한 대중물 말고는 그 어떤 것도 진정성 있게 쓸 수 없게 되지요.

H. I. 멘켄에게, 1925, 〈서신집Letters〉 pp.499-500

…… 나는 신중하게 작가들을 피하는 편이다. 그들은 누구보다도 문제를 오래도록 지속시킬 수 있기 때문이다.

<무너져 내리다The Crack-up> p.73

돈이야 약간 줄 수 있겠지만, 사람의 마음을 건드린 대가는 어떻게 지불하겠어요? 작가는 기질적으로 끊임없이 돌이킬 수 없는 행동을 하게 되어 있어요.

<어느 작가의 오후Afternoon of an Author> p.188

109

홀륭한 소설가에 대한 홀륭한 전기는 없다. 그런 건 존재할 수가 없다. 정말로 홀륭하다면, 너무 많은 사람을 자신 안에 담고 있을 것이기 때문이다.

<무너져 내리다The Crack-up> p.177

서른이 되어도 마흔이 되어도 쉰 살이 되어도, 작가는 자신만의 모험을 써내려갈 수 있다. 그러나 그 모험을 평가하고 가치를 매기는 기준은 스물다섯에 확정되어 결코 바뀌지 않는다.

<무너져 내리다The Crack-up> p.36

"내가 작가가 된 이유가 하나 더 있어."

"뭔데?"

"학교에서 미식축구를 했을 때 얘기야. 나를 진짜 끔찍하게 싫어하던 코치가 있었거든. 우리 학교 팀이 허드슨에서 경기를 치를 예정이었고, 나는 스타 러너가 다쳐서 그 자리를 대신 뛰게 되었지. 그때 꽤 괜찮게 대타로 뛰었는데, 그 선수가 부상에서 회복돼 다시 자기 자리에 복귀했지. 나는 블로킹 백이라고 하는, 수비 위주의 자리로 빠지게 됐어. 근데 그 포지션이 별로 마음에 들지 않았어. 영광도 없고 자극도 덜했거든. 게다가 그날은 엄청 추웠어. 난 추운 걸 정말 못 참거든. 그래서 맡은 역할을 제대로 하지 않고 하늘이 얼마나 잿빛인지 생각하고 있었지. 잠시 후 코치가 나를 경기에서 제외시키며 한마디 하더라."

"우리는 너를 신뢰할 수 없어."

"…… 요점은 말이야. 그 일이 계기가 돼서 학교 신문에 시를 쓰게 됐어. 아버지한테는 내가 시를 쓰는 일이 미식축구 영웅이 된 것만큼이나 큰 충격이거든. 그래서 크리스마스 방학에 집에 돌아갔을 때, '내가 행동으로 성과를 내지 못하더라도 그것에 대해 글을 쓸 수는 있겠구나' 하는 생각이 들었어. 왜냐하면 그 강렬함은 똑

같이 느끼잖아. 현실을 마주하지 않고도 다른 방식으로 길을 찾은
느낌이었지."

<어느 작가의 오후Afternoon of an Author> pp.185-186

어릴 적부터 나는 백일몽에 빠져 있었어. 그런 공상을 기록하는
데 인생 전부를 쏟은 사람에게 어울리는 멋진 단어지.

아무것도 없는 사막 섬에서 시작해서, 손에 닿는 재료로 비교적
높은 수준의 문명을 만들어가는 꿈이었어.

<어느 작가의 오후Afternoon of an Author> p.129

지성의 탁월함은 상반되는 두 가지 생각을 동시에 품고도 정상적인 기능을 할 수 있는지에 달려 있다.

<무너져 내리다The Crack-up> p.69

　천재는 젊은 시절 내내 자신의 발이 너무 커서 미안하다고 끊임없이 사과를 하며 세상을 돌아다닌다. 그러니 세월이 흐른 뒤에 어리석은 자들과 따분한 자들을 (밟기 위해, 그들을) 향해 그 발을 가볍게 들어올리는 건 놀랍지도 않다.

<무너져 내리다The Crack-up> pp.123-124

천재성이란 자신이 머릿속에 떠올린 것을 실현할 수 있는 능력이다. 그 이상도 이하도 아니다.

<무너져 내리다The Crack-up> p.123

　기록하기 위해서는 방심해야 한다.

<무너져 내리다The Crack-up> p.202

작가는 다른 사람들보다
더 많이 볼 수 있는 게 아니야.
그저 자신이 본 것을
더 많이 기록할 수 있을 뿐이지.

<아름답고 저주받은 사람들The Beautiful and Damned> p.20

예술적 기질은 무한한 권능을 가지고 활개치는 왕과 같아서, 경솔히 흔들면 기틀이 산산조각 날 수 있다.

<무너져 내리다The Crack-up> p.205

솔직히 말해 저는 권투선수, 배우, 작가처럼 자신의 개인적 기술로 생계를 이어 가는 사람에게는 전성기 시절 반드시 매니저가 필요하다고 생각합니다.

재능은 덧없고 한시적인 것이지만, 숨어 있을 땐 너무 멀리 있는 마치 어떠한 '다른' 존재처럼 느껴집니다.

때문에 재능이 깃든 개인, 그러니까 나중에 대가를 치러야 하는 당사자보다 이것을 더 잘 관리할 타인이 있어야 한다고 생각합니다.

맥스웰 퍼킨스에게, 1937, <서신집Letters> p.298

작품의 틀을 신중하게 잡고 끊임없이 다듬는 과정을 통해 자신의 글에 영속성을 부여해야 합니다. 이는 모든 세대의 예술가가 반드시 직면해야 하는 과제지요.

그렇게 함으로써, 덜 숙련된 이들이 매료되는 저널리즘적 글과 자신의 작품이 혼동되지 않게 됩니다.

데이튼 콜러에게(미국의 문학평론가), 1938, <서신집Letters> p.595

누군가 이런 말을 했습니다.

"영혼을 좀 더 깊이 들여다볼 수 있는 작가는 재능을 통해서 다른 이들이 보지 못하고, 감히 말하지 못한 것들을 발견하여 인간 삶의 범위를 확장한다."

사실 적절한 인용인지는 모르겠습니다. 젊은 작가들은 …… 젊은 작가라는 단어에 저 역시 몸서리쳐지지만, 아무튼 젊은 작가들은 등장인물을 묘사하거나 그의 감정을 서술할 때 갈림길에 서게 됩니다. 흔히 알려져 쉽게 받아들이고 찬양하기도 하는 방법을 그대로 사용하고 싶은 유혹을 느끼는 겁니다.

그러는 동시에 이런 내면의 속삭임도 들려옵니다.

'내가 느끼는 이 사소한 감정이나 행동에는 누구도 관심을 가지지 않을 거야. 그러니 이건 나만의 것이고 보편적이지도, 일반적으로 흥미롭지도, 심지어 옳지도 않은 걸지도 몰라.'

하지만 그의 재능이 심도 깊거나 아니면 누군가 말했듯 운이 좋다면, 그 갈림길에서 또 다른 목소리가 속삭일 겁니다. 예외적이고 중요하지 않은 것들을 쓰도록 설득할 겁니다. 그리고 바로 그것이야말로 그만의 고유한 스타일이며, 개성이고, 궁극적인 예술가로서의 자아입니다.

그가 버릴 뻔했던 것, 혹은 그가 너무 자주 버린 것이야말로 그에게 허락된 구원의 은혜일 겁니다. 거트루드 스타인도 비슷한 이야기를 했습니다. 글이 아니라 삶에 관해 이야기한 것이지요. 하지만 우리 대부분은 자신의 특별한 자질과 싸우다가 마흔 즈음에야, 그 자질이야말로 진짜 우리 자신이라는 것을 깨닫게 된다고 했습니다.

깨달음은 너무 늦게 찾아왔으며, 그것이야말로 우리가 소중히 여기고 가꿨어야 했던 가장 친밀한 자아였던 것을 말입니다.

다시 한 번 말하자면 위에서 언급한 내용은 정확하지 않을 수 있으며, 제 주장의 방향 역시 잘못되었을 수 있습니다. 윌리엄 사로얀이나 토머스 울프 같은 작가들을 잘못된 길로 이끌어, 정원에서 자라는 모든 잡초를 재배해야 한다고 가르친 것처럼 말입니다.

정원에서 모두가 아는 일반적이고 표준적인 꽃과 화려한 빛으로 기만하는 잡초, 그리고 구석에 숨어 거의 보이지 않는 작은 꽃을 구별하는 데에는 재능이 필요합니다. 훗날 그것이 작게 피어나든, 오크나무처럼 크게 자라든, 루터 버뱅크식으로 세심하게 가꿔낸 그 작은 꽃만이 우리가 돌볼 만한 유일한 가치일지 모릅니다.

모튼 크롤에게(미국의 정치학자), 1939, <서신집Letters> pp.616-617

…… 네가 아주 빠르게 성숙하는 재능을 가졌을 확률은 낮아. 내 동시대 작가들 대부분이 빨라야 22살에 일을 시작했고, 대부분은 27살에서 30살 혹은 그 이후에야 본격적으로 활동을 시작했

거든. 그때까지는 기자나 교사로 일하기도 하고, 떠돌이 배를 타거나 전쟁에 참전하기도 했어.

빠르게 발현되는 것은 대부분 시적 재능인데, 내 경우가 그랬지. 반면 산문적 재능은 다른 요소, 그러니까 자료를 흡수하고 신중하게 선별하는 능력에 달려 있어. 더 솔직하게 말하자면, 하고 싶은 말이 있고 그 말을 흥미롭게 잘 다듬어서 표현할 수 있어야 해.

프랜시스 스콧 피츠제럴드에게, 1940, <서신집Letters> pp.102

스워츠는 마치 배심원을 바라보듯이 나를 바라봤다.

"당신을 위한 작가가 나타났군요. 모든 것을 알고 있지만 아무것도 모르는 사람이죠."

<더 라스트 타이쿤The Last Tycoon> p.12

나는 그제야 그가 작가였다는 것을 알게 되었다. 나는 작가들을 좋아한다. 무엇이든 물어보면 보통은 대답해주니까. 하지만 동시에, 그가 이제 조금은 더 하찮게 보이기도 했다.

엄밀히 말하면 작가는 사람이라고 할 수 없다. 제대로 된 작가는 한 사람이 되기 위해 몸부림치는 여러 사람의 집합체다.

<더 라스트 타이쿤The Last Tycoon> p.12

작가들은 정말 애들과도 같아. 평소에도 작업에 정신을 집중하지 못해.

<더 라스트 타이쿤The Last Tycoon> p.120

"머리만으로는 안 돼. 너희 작가나 예술가는 결국 지쳐서 엉망이 되어 버리니까, 누군가 너희를 다시 바로잡아야 하지."

스타는 어깨를 으쓱하며 말을 이었다.

"너희는 뭐든 개인적으로 받아들여. 사람을 미워하거나 숭배하는 것도 그래. 항상 사람을 너무 중요하게 생각하는 거야. 특히 너희 자신을 말이야. 그러면 동네북이 되기 딱 좋거든. 나도 사람을 좋아하고, 그러니 사람들이 나를 좋아해주면 또 좋지만, 내 마음은 언제나 신이 정해주신 곳에 두거든. 이 안에 말이야."

<더 라스트 타이쿤The Last Tycoon> p.17

작가들에게 주는 충고

✦

　신중히 생각한 뒤에 조언하는데, 너는 어휘를 확장하면 좋겠다. 단어를 많이 가지면 마치 단련된 근육을 가진 것처럼 사용하고 싶어지거든. 너 자신을 표현할 때나 타인을 비판할 때도 사용할 수 있지.

　이로 인해 너를 가장 괴롭힐 사람이 누군지 단언하기는 어려워. 네가 무슨 말을 하는지 전혀 모르는 바보들일 수도 있고, 네 말을 다 이해하는 지식인일 수도 있지. 어쨌든 그들은 너를 강타할 거고, 너는 종이와 펜에 국한된 삶을 살 수밖에 없게 될 거다.

　그럼 너는 진정한 작가가 되는 거란다. 부디 신이 네 영혼에 자비를 베풀길……:

아니다! 천 번을 다시 생각해도 그건 아니다! 차라리 단순한 몇 가지 표현에 너의 평생을 국한시키는 편이 훨씬 나을 거란다. 수많은 조상님이 수십억 년 동안 사용했고, 지금 지구상에 살아남은 거의 모든 사람도 여전히 훌륭하게 사용하고 있는, 그 단 몇 가지의 표현 말이다.

그러니 지금까지 너를 매혹시킨 이 복잡하고 끙끙거리는 체계는 모두 잊어버리고, 오랜 시간 검증된 근본적인 표현으로 돌아가거라.

앤드류 턴불에게(피츠제럴드의 삶과 문학을 깊이 탐구한 전기 작가. 앤드류 턴불이 11살 때 피츠제럴드가 그에게 쓴 편지), 1932, <서신집Letters> pp.517-518

위대한 예술은 위대한 사람이 사소한 예술을 적극적으로 거부할 때 나온다.

<무너져 내리다The Crack-up> p.179

무언가를 말하고 싶어서 글을 쓰는 게 아니다. 말해야 할 무언가가 있기 때문에 글을 쓰는 것이다.

<무너져 내리다The Crack-up> p.123

　위대한 작가들이 아름다운 여자 주인공이나 화창한 아침을 묘사하려고 하면, 최고의 표현은 모두 자신보다 못한 작가들에 의해 이미 닳아 버렸다는 사실을 깨닫게 된다.

　실력 없는 작가들은 평범한 여자 주인공과 보통의 아침으로 시작해야 하는 규칙이라도 있어야 할 것 같다. 그리고 실력이 늘어날수록 점점 더 나은 표현으로 나아가게 하는 것이다.

<무너져 내리다The Crack-up> p.180

예술에서
'안전제일'이라는 말은 없다.

<인 히스 온 타임In His Own Time> p.46

네 이야기가 최고가 아니라고 낙담할 필요가 없다는 말을 전해 주고 싶구나. 하지만 동시에, 나는 위로의 말도 하지 않을 거야. 네가 정말로 큰 무대에 오르고 싶다면 경험을 통해서 장애물을 스스로 뛰어넘는 방법을 배워야 하니까.

단순히 작가가 되고 싶다는 마음만으로는 결코 작가가 될 수 없어. 네가 정말로 말하고 싶은 무언가가 생긴다면, 그리고 그것이 아직 누구도 말하지 않은 것이라고 느껴진다면, 절박한 사명감으로 그 말을 해낼 새로운 방법을 찾거라.

네가 전달하고 싶은 메시지와 그 말을 전달하는 방식이 완전히 하나로 융합되어야 해. 마치 그 둘이 처음부터 하나로 태어난 것처럼 말이야.

프랜시스 스콧 피츠제럴드에게, 1936, <서신집Letters> p.23

혹시라도 훗날 네 소설이 출판되어 성공한다면, 작품에 관한 모든 걸 내 에이전트인 헤럴드 오버에게 맡기는 게 좋을 거야. 10% 수수료를 받긴 하지만, 내가 전업 작가로 일하는 16년 동안 그는 훨씬 더 큰 비용을 아끼게 해줬거든.

F. B. 커르에게(신인 작가로 추정), 1936, <서신집Letters> p.297

네가 보내 준 편지를 꼼꼼하게 읽어봤어. 그런데 안타깝지만 전업 작가가 된다는 것은 네 각오보다 훨씬 더 큰 값을 치러야 하는 일이란다. 네가 작가가 되어 팔아야 하는 것은 네 심장이고, 네가 가장 강렬하게 느낀 감정이야. 그저 가볍게 스쳐간 일이나 저녁 식사 자리에서 한 번쯤 이야기할 만한 작은 경험들이 아니란다.

특히 글을 처음 쓰기 시작한 시점에는 더욱 그래. 사람의 흥미를

*끄*는 기술은 시간을 들여야만 다듬어지기 때문에, 네가 팔 수 있는 건 오직 네 감정뿐이거든.

이건 모든 작가가 거쳐야 하는 과정이야. 찰스 디킨스는 〈올리버 트위스트〉에 어린 시절 품었던 학대와 굶주림에 대한 분노를 담아야 했어. 어니스트 헤밍웨이는 첫 단편집 〈우리들의 시대에〉에 살면서 경험하고 느낀 밑바닥을 내보여야 했다. 나는 〈낙원의 이편〉에 아직 아물지 않은 상처를 그려냈어. 마치 혈우병 환자의 피부에 생긴 상처처럼 생생하게 말이야.

아마추어 작가들은 숙련된 작가들의 글을 보고 생각할 거야. '평범한 소녀들이 가벼운 감정을 주고받는 장면으로도 재치있고 매력적으로 글을 쓸 수 있네. 나도 그렇게 해봐야지' 하고 말이야. 하지만 아마추어는 절대 그렇게 글을 쓸 수 없단다. 감정을 전달하는 유일한 방법은 가슴에 서린 가장 비극적인 사랑을, 필사적이고 근본적으로 *끄*집어내서 사람들이 읽을 수 있는 활자로 새기는 것뿐이거든.

이게 바로 문학에 발을 들인 값이야. 대가를 치를 준비가 되어 있는지, 아니면 네가 쓰고 싶다던 '좋은 이야기'가 여기에 부합한지, 그건 네가 직접 결정해야 할 일이지.

하지만 알아두렴. 문학은 아주 가벼운 문학이라도, 신인 작가에게 이보다 적은 것을 요구하는 법은 없단다. 작가는 모든 것을 바쳐야 하는 직업이기 때문이야. 아주 조금의 용기밖에 없는 군인에게 누가 흥미를 느끼겠어? 안 그래?

프랜시스 턴불에게(라드클리프 대학교 2학년 학생), 1938, <서신집Letters> pp.601-602

추신 : 만약 일기를 쓴다면 싸구려 가이드북에서나 볼 수 있는 무미건조한 내용으로 채우지 않았으면 좋겠구나. 나는 날짜나 장소에는 관심이 없어. 심지어 뉴올리언스 전투 같은 것이라도, 네가 거기에 대해 특별한 감상을 가지지 않는다면 흥미가 없지.

재치 있게 쓰려고 애쓰지도 마. 그냥 자연스럽게, 그리고 진솔하고 진정성 있게 쓰면 되는 거야.

프랜시스 스콧 피츠제럴드에게, 1938, <서신집Letters> p.49

이야기가 나온 김에 말하자면, 내 에이전트인 헤럴드 오버피츠제럴드뿐만 아니라 어니스트 헤밍웨이, 애거사 크리스티 등 당대 유명 작가들의 작품을 출판사에 연결하고, 계약을 중개한 대표적인 문학 에이전트다의 조언은 어느 정도만 참고하길 바란다. 그는 '평균적인 독자'라고 할 수 있거든.

내가 〈새터데이 이브닝 포스트〉에 판매한 작품의 3할 정도는 그가 절대 팔리지 않을 거라 장담한 것들이었지.

모든 에이전트가 그렇겠지만, 그는 종이에서 돈 냄새를 맡도록 잘 훈련된 독자야. 그래서 나는 그에게 문학적 조언은 절대로 구하지 않아. 다른 여러 면에서는 틀림없이 아주 훌륭한 에이전트지만 말이다.

프랜시스 스콧 피츠제럴드에게, 1940, <서신집Letters> p.117

너도 알겠지만, 이건 정말이지 끔찍하게 외로운 직업이란다. 나는 네가 이쪽 길로 들어서지 않기를 바랐지만, 이미 결심했다면 내가 수년에 걸쳐 배운 것들을 네가 알고 시작하면 좋겠구나.

프랜시스 스콧 피츠제럴드에게, 1940, <무너져 내리다The Crack-up> p.304

일화를 이야기할 때, 듣는 사람들이 이야기 속 인물을 실제로 볼 수 있게 이야기해봐.

쉴라 그레이엄에게, 1937, <비러브드 인피델Beloved Infidel> p.149

작가로서의 삶

〰〰〰

　세인트폴에 살던 열두 살 무렵, 나는 학교 수업 시간 내내 글을 썼다. 지리와 라틴어 시간에는 책 뒷장에, 수학 시간에는 과제물 여백과 문제 아래 공간에 썼다. 2년 뒤, 가족들은 회의를 통해서 나를 기숙학교에 보내야 공부에 집중할 것 같다고 결정했다.

　그러나 이 결정은 큰 실수였다. 기숙학교 생활로 나는 글쓰기를 잊었고, 축구와 담배에 가까워졌다. 그리고 대학에 가기로 결정했다. 그러니까 삶에서 진짜 중요한 일과는 전혀 관계없는 온갖 것들을 한 것이다. 물론 삶에서 진짜 중요한 일은 묘사와 대화를 적절히 조합하여 단편소설을 쓰는 것이었다.

하지만 학교에서는 새로운 방향으로 나아갈 수 있었다. 〈더 퀘이커 걸〉이라는 뮤지컬 코미디를 봤고, 그날 이후 내 책상은 길버트와 설리번의 대본집과 수많은 뮤지컬 코미디 구상이 담긴 아이디어 노트로 넘쳐나게 되었다.

프린스턴에 입학한 후 일 학년 내내 교내 극단 '트라이앵글 클럽'에서 공연할 오페레타가벼운 희극에 통속적인 노래나 춤을 곁들인 오락성이 짙은 음악극를 썼다. 이를 위해 나는 대수학, 삼각 함수, 좌표 기하학, 그리고 위생 과목에서 낙제했다. 그러나 '트라이앵글 클럽'은 내 작품을 받아들였고, 숨막히는 팔월의 과외 끝에 나는 2학년으로 복학할 수 있었다.

이듬해인 1916~1917년, 나는 다시 대학으로 돌아갔다. 하지만 이미 유일하게 가치있는 것은 시라고 결심한 상태였다. 그래서 내 머릿속에는 스윈번과 루퍼트 브룩의 운율이 계속해서 울렸고 새벽까지 소네트, 발라드, 론델 형식의 시를 쓰며 봄을 보냈다.

'모든 위대한 시인은 21살 이전에 위대한 시를 썼다'고 어디선가 읽은 기억이 있다. 그래서 나에게는 겨우 1년밖에 남지 않았다고 생각했다. 게다가 전쟁이 임박해 있었기에, 휩쓸리기 전에 '깜짝 놀랄만한 시집을 내놓아야 한다'고 생각했다.

가을 즈음에는 포트 레번워스 보병 장교 훈련소에 들어갔다. 시에 대한 꿈은 버려둔 채로 나는 새로운 야망을 품게 되었는데, 불멸의 소설을 쓰기로 한 것이다. 매일 저녁 《보병을 위한 작은 문제집》이라는 책 뒤에 노트를 숨기고, 나와 내 상상력에 대한 역사를 약간 다듬어서 한 문단씩 써내려갔다.

매주 토요일 오후 1시에 주간 작업을 마치면 서둘러 장교 클럽으로 향했다. 담배 연기와 대화 소리, 그리고 신문이 바스락 넘어가는 소리로 가득한 방 한구석에서 나는 글을 썼다. 주말마다 글을 써서 3개월 동안 12만 단어짜리 소설을 완성했다. 수정은 없었다. 그럴 시간이 없었기 때문이다. 각 장을 끝낼 때마다 프린스턴에 있는 타자수에게 원고를 보냈다.

그동안 나는 연필로 써내려간 지저분한 원고 속에 살았다. 훈련이나 행진, 《보병을 위한 작은 문제집》은 모두 희미한 꿈처럼 느껴졌다. 내 마음은 온전히 내 소설에만 집중되어 있었다.

나는 가벼운 발걸음으로 연대로 돌아갔다. 소설을 완성한 것이다. 이제는 전쟁이 터져도 괜찮을 것 같았다. 나는 문단과 5운율, 직유와 삼단 논법을 잊었다. 소위로 진급했고, 해외 파병 발령이 났다. 그리고 출판사에서 편지를 받았다. 내 소설 〈로맨틱 에고이스트〉는 수년 동안 받은 원고 중에서 가장 독창적인 작품이긴 하지만, 출판할 수는 없다고 했다. 너무 거칠고 결론이 없는 작품이라며.

그로부터 6개월 뒤, 나는 뉴욕에 도착했다. 광고 일을 시작했고 월급으로 90달러를 받았는데, 시골의 트롤리 전차 안에서 지친 시간을 달래는 슬로건을 쓰는 일이었다. 퇴근 후에는 단편소설을 썼다. 3월부터 5월까지 쓴 게 19편이나 되었다. 가장 빨리 쓴 건 한 시간 반이 걸렸지만, 삼 일이나 걸린 이야기도 있었다.

아무도 내 단편을 사지 않았다. 개인적인 답장조차 없었다. 나는 122장의 거절 답장을 방 안에 줄지어 붙여 두었다. 영화 대본을 썼고, 노래 가사도 썼다. 복잡한 광고 계획도 짰고, 시도 썼다. 짧은 글을 썼고, 농담도 썼다. 그러다가 6월 말쯤, 한 편의 이야기를 30달러에 팔았다.

7월 4일, 나 자신과 모든 편집자에게 극도로 실망하여 세인트폴의 고향집으로 향했다. 가족과 친구들에게 소설을 쓰기 위해서 회사를 그만두고 왔다고 말하니, 다들 점잖게 고개를 끄덕이며 화제를 돌렸다. 다들 나를 아주 조심스럽게 대했다.

그러나 나는 내 행동에 대한 확신이 있었다. 마침내 써내야만 하는 소설이 생겼기 때문이었다. 나는 글을 쓰고, 고치고, 정리하고, 압축하며 두 달간의 뜨거운 여름을 보냈다. 그리고 9월 15일, 특송 우편으로 〈낙원의 이편〉의 출판이 확정되었다.

<어느 작가의 오후Afternoon of an Author> pp.83-85

얼떨떨한 기분으로 나는 "내 소설 <낙원의 이편>이 2만 부 이상 팔릴 거라고는 생각하지 못했다."라고 스크리브너 출판사에 말했다. 웃음이 잦아들자 그들은 "첫 소설은 5천 부만 팔려도 대단한 거다."라고 말했다. 내 기억에 2만 부를 파는 데 일주일이 채 걸리지 않았던 것 같다. 하지만 나는 혼자 진지해서 그 상황을 즐기지 못했다.

구름 위를 걷는 듯했던 일주일은 프린스턴에서 내 책을 비판하기 시작하며 갑작스럽게 끝이 났다. 비판의 주체는 학부생들이 아니라, 교수진과 동문들로 이루어진 검은 집단이었다.

<무너져 내리다The Crack-up> p.88

그리고 갑자기 모든 것이 변했다. 이 글은 성공이라는 거친 바람과 동반되는 달콤한 안개에 관한 이야기다. 짧고도 소중한 시간이었다. 왜냐하면 얼마 후 안개가 걷히고 나면, 좋은 시간은 이미 지나가 버렸다는 것을 깨닫게 되기 때문이다.

우편배달부가 벨을 눌렀다. 나는 하던 일을 그만두고 거리로 뛰쳐나가 지나가던 자동차까지 멈춰 세우고는 친구들과 지인에게 소리쳤다. 내 소설 〈낙원의 이편〉이 책으로 나오게 될 거라고 말이다. 그 주, 우편배달부는 연이어 벨을 눌렀다. 작지만 끔찍했던 빚을 갚았고, 새 양복을 샀다. 그리고 나는 매일 아침 이루 말할 수 없는 설렘과 희망을 안고 세상을 향해 눈을 떴다.

책이 세상에 나오는 동안 아마추어가 프로로 바뀌는 변태 과정도 시작되었다. 마치 삶 전체를 하나하나 꿰매어 작업이라는 패턴으로 만들어가는 것 같았다. 한 작업이 끝나면 곧바로 다음 작업이 시작되었다.

그때까지 나는 아마추어에 불과했지만, 10월에 남쪽 묘지에서 한 소녀와 돌무덤 사이를 거닐 무렵에는 그녀가 느끼고 말한 것들에 대한 나의 매혹이, 이미 그것들을 이야기로 옮겨 적어야 한다는 초조함으로 이어지는 프로가 되어 있었다.

<무너져 내리다The Crack-up> p.86

저는 책에 푹 빠져 있어요. 그런데 읽을 만한 책이 나오지를 않았죠. 스티븐슨이 〈보물섬〉을 쓴 것처럼, 저도 소설에 대한 제 특정한 갈증을 채우기 위해서 이 작품, 〈낙원의 이편〉을 쓴 거예요.

셰인 레슬리에게, 1918, <서신집Letters> p.398

최근에 출판된 제 단편집에서, 〈네 개의 주먹The Four Fists〉이 가장 먼저 쓰인 작품입니다. 어느날 저녁, 거절당한 원고들이 8cm나 쌓여 있었고 경제적인 갈급함이 있었기 때문에, 절박한 마음으로

'잡지사가 원하는 것을 써보자' 하고 이 작품을 썼습니다. 그래서 이 작품이 받은 호평에 저도 놀랐습니다.

존 그리어 히벤에게(미국의 철학자이자 교육자), 1920, <서신집Letters> p.481

아시다시피, 저는 이 일을 진지하게 임하고 있으며, 단순히 돈을 위해서만 하는 것이 아닙니다. …… 저는 차라리 적게 벌더라도 작가로서의 한 가지 의무를 지키고 싶습니다. 자신이 보는 삶을 최대한 우아하게 기록하는 일 말입니다.

맥킬란 씨와 부인에게(피츠제럴드의 외조부모), 1920, <서신집Letters> p.484

저는 제 자신에 대해 이야기하고 싶지 않습니다. 고백하자면 〈낙원의 이편〉에서 이미 어느 정도 이야기했으니까요.

 이 책을 쓰는 데에는 세 달이 걸렸고, 구상하는 데에는 단 3분이 걸렸습니다. 하지만 여기에 담긴 자료를 모으는 데에는 제 평생이 걸렸습니다. 이 책을 쓰겠다고 결심한 건 지난 7월 1일이었죠. 방탕의 대안이었습니다.

출판유통협의회에 보내는 편지, 1920, <서신집Letters> p.477

 위햄 편집장이 파리에서 돌아왔기를 간절히 바라고 있어. 그래야 이번 이야기의 대금을 받을 수 있을 테니까.

 이 줄거리는 지난 2년 동안 내 머릿속을 떠나지 않았어. 지금까지 읽어본 어떤 작품과도 다르지. 물론 이런 점이 미국 대중의 취향과는 안 맞을지도 몰라. 사람들은 여전히 고리타분한 벽돌 책 같은 걸 더 좋아하니까.

가만히 멈춰 있는 것은 불가능하다고 생각해. 앞으로 나아가거나 뒤로 미끄러지거나, 둘 중 하나야. 겉으로는 정지해있는 듯 보여도 사실 끊임없이 변화하고 있어. 중요한 건 그 변화가 '성장'인지, 아니면 '퇴보'인지라는 거야.

〈더 파퓰러 걸The popular Girl〉에서는 예전 시대의 이야기를 반복했을 뿐, 그 시절의 넘치는 생동감은 재현하지 못했어. 시간이 흐르면서, 과거를 있는 그대로 복원하는 건 거의 불가능하다는 것을 깨달았어. 과거를 이야기할 수는 있지만, 그때의 느낌까지 완벽히 살려내긴 어렵지.

그래도 영화로 만들어질 수 있다면 좋겠다는 생각은 해. 이야기는 달라질 수 있어도, 대중이 원하는 건 언제나 새로운 감각이니까. 지금 이 순간, 사람들이 무엇을 원하는지 정확히 아는 게 중요해.

헤럴드 오버에게, 1921, 〈에즈 에버, 스콧 핏츠As Ever, Scott Fitz〉 p.34

내 인생은 글쓰기를 향한 열망과
이를 방해하는 온갖 상황이 만들어낸
투쟁의 역사다.

<어느 작가의 오후Afternoon of an Author> pp.83-85

사실 조금 좌절했어. 〈더 파퓰러 걸〉 같은 싸구려 이야기는 아기가 태어나는 시기에 일주일 만에 쓴 건데 1,500달러를 벌어들이고, 3주 넘게 온 상상력을 쏟아 집필한 〈리츠 호텔만 한 다이아몬드〉는 단 한 푼도 벌어들이지 못하다니. 하지만 신과 로리머 편집장의 이름을 걸고 맹세하건대, 나는 언젠간 꼭 큰돈을 벌 거야.

헤럴드 오버에게, 1922, 〈에즈 에버, 스콧 핏츠As Ever, Scott Fitz〉 p.36

　"미쳤구나! 네 말대로라면, 내가 무언가 노력하면 경험을 얻었어야 하잖아?"
　"뭘 노력해서?"
　모리가 모질게 외쳤다.
　"진실을 향한 거칠고 절망적인 충동으로, 정치적 이상주의의 어둠을 찢으라는 거야? 하루 종일 딱딱한 의자에 앉아 삶과 완전히 동떨어진 채로 나무 사이로 보이는 첨탑 끝을 바라보며, 알 수 있는 것과 알 수 없는 것을 확실히 분리해보라는 거야? 아니면 현실의 한 조각을 붙잡아 내 영혼에서 나온 빛을 더해, 삶에서 느낄 수 있었던 형언할 수 없는 품격을 부여하려는 거야? 하지만 그건 종이나 캔버스에 옮기는 과정에서 이미 사라져 버리잖아……."

<아름답고 저주받은 사람들The Beautiful and Damned> p.256

…… 나는 내가 '문장 열병'이라고 부르는 상태에 빠지곤 해. 사냥감을 마주치고 극도의 긴장과 흥분에 사로잡히는 열병처럼, 나 자신을 억지로 밀어붙일 때 찾아오는 일종의 혹독한 문학적 자기검열 같은 거야.

하지만 정말 끔찍한 건 내 글이 형편없다고 생각되는 날들이 아니야. 글쓰기라는 행위 자체가 과연 가치가 있는지 절박하게 의심하게 될 때지.

<아름답고 저주받은 사람들The Beautiful and Damned> p.188

어찌 되었든 이번 가을에 내놓을 만한 괜찮은 단편집 한 권은 이미 마련해두었습니다. 이제는 다음 장편을 집필할 자금을 모을 때까지, 이른바 '싸구려' 단편들을 좀 써보려 합니다. 그 장편이 완성되어 출판되면 잠시 지켜본 뒤에 판단해보겠습니다.

만약 그 소설 한 권으로도 더 이상 이런 하찮은 글을 쓰지 않아도 될 만큼 생계를 유지할 수 있다면, 저는 계속 소설가의 길을 걷겠습니다. 그러나 그렇지 못하게 된다면, 그만두고 집으로 돌아와 할리우드로 가서 영화 일을 배워볼 생각입니다.

맥스웰 퍼킨스에게, 1925, <서신집Letters> p.201

뭐, 새로운 소식은 없어. 이제 단편 하나에 2,000달러를 받긴 하지만, 글이 점점 형편없어지는 것 같아. 더는 단편을 쓰지 않아도 되는 위치에 올라, 오직 소설만 쓰고 싶어.

존 필 비숍에게, 1925, <서신집Letters> p.380

아시겠지만 저는 단편소설을 쓰는 걸 정말 싫어합니다. 하지만 장편을 느긋하게 쓰기 위한 여유를 얻으려면 매년 여섯 편을 써야 하죠.

로버트 브릿지스에게(스크리브너 출판사의 편집자), 1926, <서신집Letters> p.229

대중이 누구든 간에 싸구려 대체품으로 그들을 속이려, 결국 영원한 함정 속으로 추락하는 이들을 저는 많이 봤습니다. 차라리 네 해를 기다리는 편이 낫겠죠.

저는 젊은 시절 글을 많이 썼습니다. 이제는 솥이 가득차는 데 시간이 꽤 걸립니다. 하지만 소설, 제 소설은 1년 반 전에 서둘러 끝냈더라면 지금과는 전혀 다른 작품이 되었을 것입니다.

맥스웰 퍼킨스에게, 1930, <서신집Letters> p.245

포드 매덕스 포드는 이렇게 말한 적이 있습니다.

"헨리 제임스는 그 시대에 가장 위대한 작가였다. 따라서 나에게 가장 위대한 사람이기도 했다."

제가 우월함이라는 단어를 쓰며 의도한 건 딱 이 정도입니다. T.S. 엘리엇 역시 제게는 무척 위대한 인물로 느껴지지요. 예술적으로 창조하는 상태를 유지하는 것은 제게 너무나 힘겨운 것이라서, 전시의 군인과 비교할 수밖에 없습니다. 그러니까 단순히 상인이나 교육자처럼, 다른 직업에 대해서 느끼는 강도로 존경할 수가 없는 겁니다. 그리고 이는 세상도 어느 정도 동의한다고 봅니다.

엘리자베스 시대에 실무적인 역할을 한 사람 중 우리가 기억하는 사람은 두 명뿐입니다. 여왕과 드레이크, 그러니까 통치자와 함장이지요. 그러나 베이컨, 시드니, 셰익스피어, 말로, 존슨, 롤리는 여전히 회자되고 있지 않습니까?

역사가 작가들에 의해 기록되기 때문이라고 어떤 이들은 항변하겠지만, 저는 단순히 그 이상을 의미한다고 봅니다.

베이어드 턴불 부인에게(후원자이자 지인), 1933, <서신집Letters> p.454

본래 사람들은 자기보다 머리가 빨리 돌아가고, 생각을 말로 잘 옮길 수 있는 사람을 그다지 좋아하지 않는단다. 그런 재능은 때론

숨겨야 하는 법이야. 사람들의 역사란 사실상 자기 생각을 감추는 역사였거든. 그러다가 어느 순간 세상이 지성을 필요하다고 외치면, 그때 능력을 꺼내서 쓰는 거야.

　이와 입술을 앙다물고 입을 꽉 다무는 것은 어려운 일이야. 어쩌면 세상에서 가장 어려운 일 중 하나일 수도 있지. 하지만 헛된 시간은 아니야. 왜냐하면 인생에서 가장 중요한 것들은 대부분, 말하지 못하는 시간 속에서 배우게 되거든.

앤드류 턴불에게, 1933, <서신집Letters> p.523

　저는요, 맥스. 꾸준히 걸어가는 사람입니다. 헤밍웨이와 이야기를 나누다가 제가 이런 말을 했습니다. "당대에 통용되는 모든 논리에 반하여, 저는 거북이고 당신은 토끼다."라고 말입니다.

　사실입니다. 지금까지 제가 이룬 것들은 모두 끈질기게 노력해온 결과지만, 어니스트는 천재성을 타고나서 비범한 성과를 내는 재능이 있었죠. 저는 재능이 없습니다. 값싸게 구는 것도 재능이라면 뭐, 있다고 칠 수도 있겠습니다만······.

언젠가 진지한 사람이 되기로 결심하고는 모든 선택지에서 철저하게 고민하고 씨름하며, 저 자신을 느리고 거대한 베헤모스구약성서에 등장하는 거대한 괴수로 만들어왔습니다. 그러니까, 그리하여, 남은 삶도 그렇게 되겠지요.

맥스웰 퍼킨스에게, 1934, <서신집Letters> p.272

내면에 쌓인 대부분의 것을 표출하며 해소의 기쁨을 느끼는 편입니다. 지난달 〈에스콰이어〉 잡지에 시린 어니스트 헤밍웨이의 글과 함께 제 말을 생각해보시면 흥미로울 것입니다.

표출되지 못한 생각은 종종 고통이 됩니다. 비록 표현하는 순간, 생각의 연속성에 미친듯이 커다란 공백이 생긴다고 해도 마찬가지입니다.

맥스웰 퍼킨스에게, 1934, 〈서신집Letters〉 p.282

서두르려고 해도 소용이 없더군. 단편소설에 집중했던 1924년, 1928년, 1929년, 1930년도에도 한 해에 8~9편 이상 써내지 못했잖아. 그냥 불가능한 일이야. 나는 모든 이야기를 소설처럼 구상해야 하고, 거기에는 특별한 감정과 경험이 필요하거든.

있을지는 모르겠지만, 그래서 내 독자들은 내가 매번 새로운 이야기를 내놓는다는 걸 알 거야. 형식 면에서는 비슷할지 몰라도, 내용은 항상 새롭지.

양산형量産型 소설을 쓸 수 있다면 훨씬 더 나았겠지만, 그런 이야기를 쓰려고 하면 펜이 그냥 멈춰 버리는걸. 〈바질과 조세핀 이야기〉 시리즈처럼 빠르게 집필할 수 있는 새로운 연작 이야기가 떠오르면 좋을 텐데. 그러면 집필 속도도 붙고, 편당 3,000달러 정도는 벌 수 있을 텐데 말이야. 아직은 운이 안 따라 주는 것 같아.

빚을 다 갚고 나면 두 번째 희곡에 도전하고 싶어. 내 재능을 상업적인 것에 낭비하지 않는다면, 정말 사람들을 놀라게 할 작품을 쓸 수도 있을 거야.

헤럴드 오버에게, 1935, <서신집Letters> p.420

그 다락은 빅토리아 시대의 소설에 나오는 다락방 같았다. 늦은 오후 햇살이 기분 좋게 기울어 쏟아지는 가운데 잡지가 산더미처럼 쌓여 있었다. 또한 수십 권의 스크랩북, 클립핑북, 사진첩, 앨범, 그리고 '아기 앨범'과 분류되지 않은 자료가 담긴 커다란 봉투가 여러 개 널려 있었다.

작가는 냉소적으로 말했다.

"전리품이란 이런 것이죠. 통장 잔고 대신 남는 것 말입니다."

어느 작가의 오후Afternoon of an Author> p.188

실패를 탓하지는 않는다.

실패를 탓하기에 인생은

너무도 복잡한 상황으로 얽혀 있거든.

하지만 노력이 부족한 경우에는

그 어떤 관용도 베풀 수가 없구나.

프랜시스 스콧 피츠제럴드에게, 1938, <서신집Letters> p.59

링 라드너미국의 대표적인 풍자 작가, 〈나는 신출내기 투수〉를 썼다가 아무리 깊게 파고들어도, 그의 케이크라드너의 작품 세계는 프랭크 챈스미국의 야구선수가 뛰는 야구장 내야 지름 정도밖에 되지 않을 것이다.

이는 예술가로서 큰 문제고, 미래에 예견된 장애물이기도 했다. 야구라는 영역 안에서 그는 훌륭한 글을 써낼 수 있었다. 대륙 전체의 목소리를 듣고 기록했다.

하지만 필연적으로 언젠가는 그의 관심사가 그 영역 밖으로 자라날 것이다. 그때가 되면 라드너에게는 무엇이 남겠는가?

<무너져 내리다The Crack-up> p.36

링 라드너가 그의 신체적 재능을 모든 문제의 절대적 기준으로 신봉했던 것은 아니다. 문제는 그보다 더 나은 재능을 찾을 수 없었다는 데에 있었다.

삶의 모든 것이 아름다운 근육의 작동으로 이루어진다고 생각해보라. 일어나고, 노력하고, 휴식하고, 땀 빼고, 씻고, 먹고, 사랑하고, 잠드는 것. 그렇게 모든 것이 완벽하게 맞아떨어진다고 상상해보라.

그리고 그 기준을 끔찍하게 복잡하고 혼란한 삶에 적용해보라. 그곳에서는 가장 위대한 생각도, 성취도, 노력도 결국은 얼룩지고 뒤엉켜서 고통스럽게 꼬여 있을 뿐이다. 이렇게 하면 링 라드너가 야구장 울타리를 벗어나 마주할 혼란을 짐작할 수 있을 것이다.

<무너져 내리다The Crack-up> p.37

문학으로 성공한다는 것은 낭만적인 일이다. 영화배우처럼 큰 유명세를 얻지는 못하겠지만, 내 흔적은 어쩌면 훨씬 오래도록 남을 것이다. 강력한 정치인이나 굳은 신념의 종교인처럼 영향력을 발휘할 수는 없겠지만, 확실히 훨씬 독립적일 수 있을 것이다.

물론 그 안에서도 영원히 만족하지 못할 수도 있겠지만, 적어도 나는 다른 길을 선택하지 않았을 것이다.

<무너져 내리다The Crack-up> pp.69-70

결국 나는 마침내 그냥 작가가 되었다. 끈질기게 되려고 했던 인물은 너무 무거운 짐이 되어 버려, 흑인 여성이 토요일 밤에 경쟁자를 단호히 떼어내듯 떨쳐내야만 했다.

착한 사람들은 그들답게 살도록 두자. 일에 파묻힌 의사들은 일 터에서 생을 마감하도록 두자. 그것이 그들이 신과 맺은 계약일 것이다.

하지만 작가는 스스로 만든 이상이 아니라면, 그런 이상을 품을 필요가 없다. 그래서 나는 이제 그만두었다. 괴테, 바이런, 쇼의 전통을 잇고 J.P. 모건, 토팜 보클럭, 아시시의 성 프란치스코이탈리아의 가톨릭 부제, 수도자, 신학자, 시인, 그리고 작곡가가 합쳐진 그런 '완전한

157

인간'이 되고자 했다.

이 오래된 꿈은 프린스턴 신입생 시절 하루 동안만 입었던 풋볼 어깨 보호대처럼, 혹은 한 번도 해외에서 쓰지 못한 해외용 모자처럼, 쓰레기 더미에 던져 버렸다.

<무너져 내리다The Crack-up> pp.83-84

과거에는 행복이 종종 너무나도 황홀한 경지에 이르렀다. 어찌나 황홀한지 내가 가장 소중하게 생각하는 사람에게도 나눌 수 없었고, 오직 조용한 거리와 골목을 거닐며 홀로 그 감정을 흩어 보내야 했다. 증류된 작은 조각만이 남아, 책 속의 짧은 문장으로 정제되었다.

<무너져 내리다The Crack-up> p.84

책은 내 형제와도 같다. 나는 외동이지만 개츠비는 상상 속의 맏형이고, 에이머리는 막냇동생이다. 앤터니는 집안의 사고뭉치고, 딕은 비교적 괜찮은 형제다.

하지만 그들 모두 집에서 멀리 떨어져 있다. 언젠가 내 마음의 집에 하얀 고향 빛 불을 밝힐 용기가 생긴다면, 그때는…….

<무너져 내리다The Crack-up> p.176

많은 사람들이 영광을 갈망하면서도 이를 얻기 위해 필요한 단조로운 반복을 견디지 못해, 정신적으로 무너지고 말았다.

그렇다. 영광은 자신의 가장 뛰어난 재능을 단조롭고, 지속적으로, 반복하여 사용할 때 만들어진다.

<무너져 내리다The Crack-up> p.197

자신을 진정으로 실험하는 사람들은 오래된 모든 것이 진실임을 깨닫게 된다.

<무너져 내리다The Crack-up> p.203

　내가 쓴 희곡 〈더 베지터블〉은 애틀랜틱시티에서 11월에 초연되었다. 결과는 대실패였다. 관객은 자리를 뜨거나 걸어나갔고, 남은 사람들도 프로그램지를 바스락거리거나 지루함을 이기지 못하고 제법 크게 속삭이기 시작했다.

　2막이 끝난 뒤 나는 모두 내 잘못이라고 외치며 공연을 중단하고 싶었지만, 배우들은 용맹스럽게 공연을 이어 갔다.

<어느 작가의 오후Afternoon of an Author> pp.93-94

나는 서른여섯 살이다. 전쟁 중의 짧은 시기를 제외하면, 18년 동안 글쓰기는 내 인생의 가장 큰 관심사였다. 나는 모든 면에서 진정한 프로라고 할 수 있다.

　하지만 지금도 "아기의 신발이 필요해요!"와 같은 외침이 들릴 때마다, 나는 깎아 놓은 연필과 쌓인 종이 더미를 앞에 두고 앉아 깊은 무력감을 느낀다.

　나는 단편소설 한 편을 사흘 만에 완성할 수 있다. 하지만 무언가 내보일만한 것을 완성하기까지 여섯 주가 걸릴 수도 있다. 사실 그 정도 걸리는 게 더 일반적이다.

　두꺼운 형법 서적 한 권이면 천 가지 이야깃거리를 찾을 수 있다. 도로에서, 골목길에서, 심지어 응접실이나 부엌에만 들어가도 사적인 이야기나 고백을 들을 수 있다.

　다른 작가들의 손에서는 이러한 이야기도 영원히 기억에 남는 작품으로 다듬어질지도 모른다. 하지만 내게는 아무것도 아니다. 부정 출발이라고 하기에도 부족하다.

<어느 작가의 오후 Afternoon of an Author> p.131

161

그리 오래되지 않은 과거의 일이다. 부정 출발이 반복되자, 나는 어쩌면 이제 경기가 영영 끝나 버린 건 아닐지 생각했다. 개인적인 삶이 지독스럽게 혼란한 시기였다. 그 무렵 나는 앨라배마 출신의 늙은 흑인 한 분에게 조언을 구했다.

"밥 아저씨, 상황이 너무 좋지 않아서 도저히 헤치고 나갈 방법이 없어 보일 땐 어떻게 합니까?"

그가 말했다.

"피츠제럴드 씨, 안 좋아도 뭐 어쩌겠나. 난 일을 했지."

좋은 충고였다. 일이야말로 거의 전부다. 하지만 쓸모 있는 일과 헛된 노동을 구별하는 것이 좋겠다. 어쩌면 그 차이를 구분해내는 것이야말로 일의 본질일지도 모른다. '어쩌면 혼자서 트랙을 도는 일도 내게 유익할지 모르겠다'는 생각을 했다.

<어느 작가의 오후Afternoon of an Author> p.135

간호사의 말투는 정중했지만, 그다지 감명받지는 않은 듯했다.

"오, 작가라는 직업도 참 멋지네요. 정말 흥미로워요."

"나름대로 좋은 점이 있죠."

그렇게 대답은 했지만, 그는 작가로서의 삶이 개 같다고 수년간 생각해왔다.

<어느 작가의 오후Afternoon of an Author> p.199

진실을 말하자면 대부분의 경우, 우리 작가들은 스스로를 반복할 수밖에 없다. 인생에서 정말로 크고 감동적인 경험을 우리는 두세 번 정도 하는데, 그 경험은 너무나도 크고 격렬하다.

이토록 완벽하게 사로잡혀서 두들겨 맞고, 감탄하고, 경악하고, 소진되고, 부서지고, 구원받고, 깨달아 보상을 얻어 겸허해진 사람은 그 누구도 없을 것이라고 느낀다.

그제야 우리는 글쓰기라는 기술을 배우게 된다. 많이 배우든, 덜 배우든 간에 우리는 그 두세 가지 경험을 이야기한다. 매번 새롭게 포장하여 열 번을, 백 번을, 사람들이 들어 주는 한 계속해서 반복한다.

<어느 작가의 오후Afternoon of an Author> p.132

내가 그에게 말했어. 젊은 시절 내 작품을 거절한 사람은 많았지만, 읽기조차 거부한 사람은 없었다고 말이야.

에벤 핀리 부부에게, 1938, <서신집Letters> p.597

글쓰기는

스스로를 깎는 과정이라고 종종 생각한다.

깎고 나면,

더 앙상하게 벌거벗겨진

아주 작은 무언가만 남게 되는 거지.

프랜시스 스콧 피츠제럴드에게, 1940, <서신집Letters> p.87

지난여름, 고열과 장티푸스 가능성으로 병원에 실려갔다. 당시 내 상황은 독자인 당신과 별로 다를 바가 없었다. 당장의 빚을 갚기 위해서 단편소설을 완성해야 했고, 유언장을 미리 작성해두지 않았다는 사실이 나를 괴롭혔다.

이토록 중요한 시기에 침대에 묶여 간호사들의 혀짧은 소리를 들어야 하다니, 나는 내 불운을 계속해서 불평했다. 그러나 퇴원 후, 나는 병원을 주제로 한 단편을 사흘 만에 완성했다.

나는 몰랐지만 글의 재료가 스며들고 있었던 것이다. 나는 두려웠고, 불안했으며, 걱정과 초조함에 휩싸여 있었다. 모든 감각이 예민했다. 그리고 그것은 이야기를 위한 재료를 축적하기에 가장 적합한 상태였다.

<어느 작가의 오후Afternoon of an Author> pp.132-133

언젠가 나는 그 크리스마스 무렵, 나를 끔찍한 상태로 이끌었던 그 재앙 시리즈에 관해서 글을 쓸 거야. 글을 쓰지 않는 작가는 자기 안에서 거의 미쳐 버린 것과 마찬가지니까.

에벤 핀리 부부에게(대학 동창 부부), 1937, <서신집Letters> p.569

    미국인들이 가족 중 한 명을 예술가라고 정해 버리는, 그 멍청한 습관만큼 우스운 것도 없어.

    하지만 실제로 예술가가 돼서 어떻게든 먹고살 수 있는 확률은 $\frac{1}{4}$ 이 아니라, 무려 $\frac{1}{400,000}$ 에 가깝다니까. 예술가가 되려면 미치광이 수준의 자아도취와, 플로베르 같은 날카롭고 명확한 사고력이 동시에 필요하니까. 처음부터 타고난 재능이나 기술 같은 건, 길고 긴 싸움 속에서 보면 정말 하찮은 요소에 불과해.

    그리고 이 험난한 길 끝에서 만나는 가장 나은 결말이 뭔지 알아? 빠르게 소진되는 거야. 누가 키플링처럼 되고 싶겠어? 자기 이름은 이미 자기 것이 아니게 되고, 한때 가졌던 재능은 오래전에 소비되어 버린 채, 그저 텅 빈 껍데기만 남아 있는 삶 말이야.

존 빅스 주니어에게(미국의 연방 판사, 친구), 1939, <서신집Letters> p.604

내가 광고업에 종사하던 시절, 만약 승진해서 1920년에 네 어머니와 결혼할 만큼 충분한 돈을 벌었다면, 내 인생은 완전히 달라졌을지도 몰라.

하지만 그건 확신할 수 없겠지. 사람들은 우회로를 거치더라도 결국 자신이 되어야 할 모습에 도달하곤 하니까. 그래 어쩌면, 나는 결국은 어떻게든 작가가 되었을 것 같긴 하다.

프랜시스 스콧 피츠제럴드에게, 1940, <서신집Letters> pp.108-109

다시 한 번 강조하지만, 네가 콜 포터나 로저스 앤 하트의 뒤를 따라가는 방식으로 경력을 시작한다면, 어쩌면 무척 훌륭한 시도가 될 거라고 생각한다. 가끔 나도 '그들과 어울렸다면 어땠을까?' 하는 생각을 하곤 하거든.

　하지만 나는 본질적으로 지나치게 윤리적이라, 사람들을 즐겁게 하는 일보다는 어떤 식으로든 설교하고 싶어 했던 것 같다.

프랜시스 스콧 피츠제럴드에게, 1939, <서신집Letters> p.79

　내가 이룬 것들은 보잘것없지만, 그것마저도 가장 고통스럽고 험난한 노력을 통해 이루어졌지. 지금 와서 돌아보면, 결코 마음을 놓거나 뒤돌아보지 말았어야 했어.

　그리고 무엇보다 〈위대한 개츠비〉의 마지막 문장을 이렇게 끝냈어야 했단다.

"나는 내 길을 찾았다. 이제부터 이것이 최우선이다. 이것이야말로 나의 당면한 의무다. 이것 없이는 나는 아무것도 아니다."

프랜시스 스콧 피츠제럴드에게, 1940, <서신집Letters> P.96

상업적인 요구 사항에 맞춰 글을 쓰고 있다고 느끼는 순간, 펜은 멈춰 버리고 내 재능은 산너머로 희미해지는 것 같아.

그래서 솔직히, 지난 3~4년 동안 내가 보낸 글을 그들이 채택하지 않은 걸 비난할 수는 없어. 요즘 새롭게 자리잡은 분위기에서는 비극적 결말을 가진 무거운 이야기가 거의 팔리지 않으니까.

젤다 피츠제럴드에게, 1940, <서신집Letters> pp.136-137

곧 내 소설 〈더 라스트 타이쿤〉의 집필 작업에만 전념할 수 있을 것 같아. 이번에는 반드시 끝을 볼 생각이고, 두 달 정도 걸릴 것으로 예상해.

시간이 정말 빨라. 〈밤은 부드러워라〉가 벌써 6년 전 작품이라니. 〈위대한 개츠비〉와 〈밤은 부드러워라〉 사이에 9년의 공백을 둔 것이 내 명성에 가장 큰 타격을 준 것 같아. 한 세대가 온전히 성장할 수 있는 기간인데, 그동안 나는 그저 〈새터데이 이브닝 포스트〉에 단편이나 쓰는 작가로 지냈잖아.

솔직히 내가 무슨 이야기를 쓰든 사람들이 크게 관심을 가지지는 않을 것 같아. 이번 작품이 아마 내가 쓰는 마지막 소설이 될지도 모르지. 하지만 이 작품은 지금 반드시 써야만 해. 오십이 넘어가면 사람은 달라지는 것 같아. 그래도 아직 하고 싶은 이야기가 몇 가지 남아 있어서, 그 전에 꼭 써내야 해.

젤다 피츠제럴드에게, 1940, 〈서신집Letters〉 p.146

단편소설을 쓰는 일에는 재능이 있었는데, 그게 사라지다니 참 이상해. 분명 세대가 변하고 편집자가 바뀐 이유도 있겠지. 하지만 일부는 당신과 나의 관계, 그러니까 우리의 해피엔딩과도 관련이 있는 것 같아.

당연히 전부는 아니지만, 어쨌든 나는 젊은이들의 사랑 이야기로 명성을 얻었잖아. 그렇게나 자주, 그리고 멀리까지 투영할 수 있었던 걸 보면 내 상상력도 참 대단했던 거 같아.

젤다 피츠제럴드에게, 1940, 〈서신집Letters〉 p.148

내 소설이지만 〈더 라스트 타이쿤〉은 정말 괜찮은 작품인 것 같아. 쓰는 데 정말 어려웠거든. 분위기가 기존의 것들과 완전히 다르다 보니 어느 정도 비난은 각오하고 있어.

그래도 이 작품은 정말, 진짜야. 감정을 더 정확하고 진실되게 담아내기 위해, 이전보다 훨씬 더 깊이 고민하고 파고들었어. 솔직히 누군가가 대신 써줬으면 하는 마음도 있었지만, 그럴 사람은 어디에도 없는 것 같아.

에드먼드 윌슨에게, 1940, <서신집Letters> p.375

나는 언제나 소설가로 타고났다고 생각했다. 상상의 세계에 깊이 빠져 사는 것만큼 능숙하게 해낼 수 있는 일이, 내게는 없었기 때문이다.

<인 히스 온 타임In His Own Time> p.157

살면서 준비한 모든 자질은 소설가가 되기 위한 것이었어. 그것들은 엄청난 분투 끝에 얻어진 거였지. 엄청난 정신적 분투를 거치며 얻어진 것이기도 했고, 어떤 직업에서든 잘 해내기 위해 치러야 할 엄청난 희생과 함께 얻어진 거였어.

　그 모든 걸 해낼 수 있었던 건 내가 바로 그것을 위해 준비된 사람이었기 때문이야. 어릴 적부터 나는 준비되어 있었어. 열 살 때 내 첫 이야기를 썼지. 그리고 내 인생 전체가 그 방향으로 전문적으로 나아갔어.

　사실 전문가와 아마추어의 차이를 분석하는 건 정말 어려워. 그 경계가 너무나도 모호하거든. 그건 날카로운 준비성과 어떤 향기 같은 감각이지. 한 문장에서 미래의 냄새를 맡는 능력 같은 거 말이야.

　…… 무언가 말할 거리를 가진다는 건, 잠 못 이루는 밤과 걱정, 그리고 주제에 대한 끝없는 동기부여를 의미해. 본질적인 진실과 정의를 끊임없이 파헤치려는 끝없는 노력인 거지.

젤다 피츠제럴드에게, 1940, <서신집Letters> pp.272-273

"이런 감정을 느낀 사람은 나밖에 없어."

젊은 작가는 이렇게 말한다. 하지만 나 역시 그 감정을 느꼈다. 전장으로 향하는 병사가 품는 자부심과도 같은 감정이다. 그곳에 누군가 있어 훈장을 주거나, 심지어 기록이라도 남겨줄지조차 모른 채 나아가는 그 마음 말이다.

하지만 젊은 작가여, 명심하라. 그토록 고독했던 사람은 그대가 처음이 아니다.

<인 히스 온 타임In His Own Time> p.157

출판에 관하여

당연히 〈위대한 개츠비〉의 제본은 다른 책들과 완전히 동일하게 해야죠. 일전에 상의한 것처럼 겉표지랑 책에 찍히는 문양도 동일하게요. 하지만 이번에는 겉표지에 추천사가 나오지 않았으면 좋겠어요. 멘켄, 루이스, 하워드, 뭐 이런 사람들 다 필요 없어요.

저는 이제 〈낙원의 이편〉을 쓴 작가라는 수식어에 지쳤어요. 새로 시작하고 싶군요.

맥스웰 퍼킨스에게, 1924, <서신집Letters> p.188

거트루드 스타인에 관해 그렇게 말씀하시다니 혼란스럽습니다. 비평가와 출판사의 사명 중 하나는 대중을 독창적인 작품으로 이끌어 가는 게 아니던가요?

조셉 콘래드를 처음 소개한 사람들도 큰돈을 바라고 시작한 일은 아니었을 것입니다. 놀랄만한 작품을 대중이 받아들이도록 진화시키는 노력은 20년 전에 멈추고 만 것인가요?

맥스웰 퍼킨스에게, 1924, <서신집Letters> p.189

만일 〈위대한 개츠비〉가 상업적으로 실패한다면 이유는 두 가지 중 하나, 혹은 이 두 가지 때문일 겁니다.

첫째, 제목이 그저 그래요. 좋다기보다는 오히려 나쁩니다.

둘째, 두 번째가 더 중요한 이유인데요, 책에는 비중 있는 여성 인물이 전혀 없습니다.

요즘 소설 시장은 여성이 이끌어 가고 있는데 말이죠. 비극적 결말은 사실 크게 문제가 되지는 않을 것 같습니다.

맥스웰 퍼킨스에게, 1925, <서신집Letters> p.201

겉표지 문구를 추천해보자면 '활기가 넘치는 초기 작품에서는 전례 없던 도전적인 미국 소녀상을 그려냈고, 이후 진지한 분위기의 〈위대한 개츠비〉 같은 작품을 탄생시키며 미국의 6대 거장 중 한 사람으로 자리매김했다. …… 이처럼 예기치 못한 전개, 다채로운 빛깔, 그리고 고요와 격정이 교차하는 리듬을 보여준 작가는 지금까지 없었다.'

어조는 조금 조정해야겠지만 대충 이런 표현이면 어떨까 싶네요. 하지만 '피츠제럴드가 해냈다!'라는 문구 아래로 '그는 예술가다!'라고 수식하지 말아주세요. 예술에 관심이 있는 사람들은 '해냈다!'라는 표현에는 관심을 두지 않을 테니까요.

둘 다 좋은 표현입니다만 같은 광고에 함께 들어가는 건 어울리지 않습니다. 이는 모든 작가가 하나쯤 가지고 있는 고집 같은 것이니, 너그러이 이해 부탁드립니다.

그래도 언제나(물론 한 번, 동창회 간행물에서 블랙이 '메리 피츠제럴드 크리스마스!'라는 터무니없는 표현을 했던 일을 제외하면) 저를 잘 챙겨 주셨으니, 이번에도 당신께 믿고 맡기겠습니다.

맥스웰 퍼킨스에게, 1925, <서신집Letters> p.211

7년 만에 내놓은 첫 책이라고 말할 때, 마치 7년간 공들여 쓴 책이라는 인상을 주지 않도록 조심해야 할 것 같습니다. 사람들이 분량이나 규모 면에서 지나치게 큰 기대를 품게 될 테니까요.

그리고 "드디어, 오래 기다리셨습니다!"와 같은 감탄사나 과장된 표현은 쓰지 않는 편이 좋겠습니다. 그런 표현은 사람들로 하여금 "그래, 그래서 어쩌라고?" 하는 반응을 불러일으킬 뿐이에요.

맥스웰 퍼킨스에게, 1933, <서신집Letters> p.262

물론 저는 대부분의 과대광고가 허튼소리에 가깝다고 생각합니다. 하지만 이건 제가 작가라서 그럴지도 모르겠네요. 일반 독자들은 대부분의 광고 문구가 서로의 등을 긁어 주는 식의 상호 칭찬에서 비롯되었다는 사실을 잘 알지 못할 테니까요.

맥스웰 퍼킨스에게, 1933, <서신집Letters> pp.261-262

'이달의 책' 클럽에서 선정된 책만이 큰 성공을 거두는 지금의 상황이, 앞으로도 영구히 이어질 거라는 예측을 하는 데에는 대단한 상상력이 필요하지 않을 것 같습니다. 맥스, 당신네 서점이나 브렌타노스 같이 유명한 곳을 제외하면 지역 서점들 역시 무성영화처럼 사장될 운명으로 보이네요.

왜냐하면 일단 대형서점과 체인점이 작은 독립서점을 몰아붙여 볼티모어에서처럼 몰락시키고 있으니까요. 아시죠? 거기서 독립서점은 그저 방치된 골동품 가게에 불과하다는 것을요.

맥스웰 퍼킨스에게, 1934, <서신집Letters> pp.269-270

이제 〈밤은 부드러워라〉의 홍보에 관해 이야기해보겠습니다. 다시 한 번 제 이론을 말씀드리자면, 과대광고는 누구에게도 호소하지 못합니다. 책의 명성은 작품 내부에서 자연스럽게 성장해 나가야 한다고 믿습니다.

판매적인 측면에서 이 책을 〈위대한 개츠비〉와 비교하지 말아 주셨으면 합니다. 두 책은 분량도 다를 뿐 아니라, 〈위대한 개츠비〉는 그저 남성적인 흥미에만 치중한 작품이었습니다.

　반면 〈밤은 부드러워라〉는 여성을 위한 책입니다. 적절한 기회만 주어진다면, 이 작품은 지금의 조건에서도 스스로 길을 개척하며 판매될 것이라고 확신합니다.

맥스웰 퍼킨스에게, 1934, 〈서신집Letters〉 p.273

　아시다시피, 저는 과대광고나 지나치게 인용된 찬사를 사용하는 것을 선호하지 않습니다. 대중은 가짜에 지칠 대로 지쳐 있으며, 이러한 방식은 결국 내실 있는 것들에도 부정적인 영향을 미칠 수밖에 없습니다.

맥스웰 퍼킨스에게, 1934, 〈서신집Letters〉 p.266

피츠제럴드, 글쓰기의 분투
스콧 피츠제럴드는 '이렇게 글을 씁니다!'

초판 1쇄 발행 2025년 4월 28일

지은이 F. 스콧 피츠제럴드
엮은이 래리 W. 필립스 옮긴이 차영지
펴낸이 이종록 펴낸곳 스마트비즈니스
등록번호 제 313-2005-00129호 등록일 2005년 6월 18일
전화 031-907-7093 팩스 031-907-7094
이메일 smartbiz@sbpub.net
인스타그램 smartbusiness_book

* 책값은 뒤표지에 있습니다.
* 잘못 만들어진 책은 구입하신 서점에서 교환해드립니다.

패턴 뒤에 숨어
'세상을 움직이는 법칙들!'

세상 읽기 시크릿,
법칙 101

이영직 지음 / 4*6판
392쪽 / 값 22,000원

The essence of Jewish humor
'유대 5천 년, 탈무드 유머 에센스!'

유머라면
유대인처럼

박정례 편역 / 4*6판
248쪽 / 값 12,800원

인간의 선택과 결정에 숨겨진
'진화심리학의 놀라운 진실!'

200% 실패할 걸 알면서도
왜 나는
똑같은 행동을 반복하는가

더글러스 켄릭, 블라다스 그리스케비시우스 지음
조성숙 옮김 | 신국판 | 364쪽 | 값 21,000원